こんにちは！

あなたは誰かからどこかに誘われて、

喜んで行ったら、

実は来ていた人たちは全員敵だった…！

という経験をしたことがありますか？？

私はあります

そんな話がつまった小説集です！

どうぞヨロシク！！

綿矢りさ

讀者們好！

收到某個人的邀約，

開開心心去了之後，

卻發現在場的人都是自己的敵人……！

你們有過這樣的經驗嗎？？

我有唷☺

這就是一本收錄了這些故事的小說集！

請多多指教！！

綿矢莉莎

嫌いなら呼ぶなよ

綿矢りさ

推薦序

推薦序

讀著讀著就笑了，笑著笑著就怕了

很習慣被討厭的小說家　劉芷妤

有一種笑，能笑得讓人心裡發寒；有一種書，讓讀者拍腿捧腹之際，想到這麼荒謬的情節來自現實甚至來自自己，便突然張口結舌，笑不下去。

《討厭我就不要叫我來》文字輕盈，情節有趣，擅長以第一人稱經營大量讓讀者噗哧的黜臭，以此描繪的，卻是現代人的牢籠，以及被牢籠困住同時也成為牢籠本身的我們。

現代人哪裡有什麼牢籠的問題？在網路無遠弗屆的時代，輕易就能成為數位遊牧民族，多數的工作、社交與溝通都能遠端進行，身體不見得必須被拘束在某個場域，甚至可說是因此獲得某種自由，但另一方面，卻也正因為網路無遠弗屆，只要指間、桌上與眼前的一方螢幕，我們便身不由己地必須與整個世界雞犬相聞，無論身在何處，都必須將意志力開到極限，才可能拉開一點點距離，獲得短暫的身心寧靜。

網路確實是一種快速獲取資訊與溝通的工具，同時也是一個驚人的幻象製造機，過於輕易的按讚留言分享以及各式各樣的貼圖與迷因，縮短人與人之間的距離，同時也剝奪了人們對這距離「太短了！」、「太近了！」的覺察力。直到「人際」漸漸失去了「際」字的邊界感，直到手機多滑兩下、多看幾則垃圾資訊圖卡，便讓人自覺見多識廣，隨時可以為「我看你是不懂喔」的他人指點兩句。稍一不慎，這幻象便自螢幕裡從滿溢瞬間暴漲為狂洩，海嘯般淹沒生活，成為全方位的人際難題。

於是，「關你屁事」便成了這時代下幾乎每一個人的關鍵字。在失去邊界感的人際關係裡，它既是能夠抵禦的盾，也是能用來攻擊的矛，它是解開一切束縛的萬能鑰匙，隨手掏出來便能召喚紛湧而上的認同感：「對啊對啊，不爽不要看，關你屁事啊。」

推薦序

最終，在這個失去邊界的世界，連「關你屁事」也失去了邊界，成為一組隨時隨地都能用來堵住別人嘴的方便詞彙。

十九歲便拿下芥川賞的日本作家綿矢莉莎，在新作《討厭我就不要叫我來》的四篇短篇小說中，便是以不同角度切入「關你屁事」這個關鍵字，剖析現代各種「失去邊界」的人際傾斜，讀來彷彿觀賞一場庖丁解牛秀。每一篇不同面向的短篇小說，都像是一把薄巧鋒利的解剖刀，從意想不到的角度，毫不費勁、優雅絲滑地順著肌理劃下，切面精緻得宛如藝術品，彷彿能夠清楚看見血液還在薄薄的血管間奔流，絕美的同時帶點冷酷，縱使只是讀著文字，卻仍能因為感受到那每一刀的精準犀利而遍身發寒。

下筆如刀鋒利，如針精準，這還不夠形容綿矢莉莎，而是與此同時，她筆下的故事還很好笑，那種讓人冷到爆笑出聲的筆力肯定是一種地獄級絕活，不知作者本人得要醃漬在失控的人際關係中多久，才淬煉得出那麼瘋狂的神經毒性，讓人閱讀之際無法控制地嘴歪眼斜，露出一邊眉頭緊鎖一邊還忍不住拍桌狂笑的扭曲表情，相當可怕，如果被不明究理的旁人發現，極有可能被強制送醫，不可不慎。

最可怕的，莫過於這四篇全以第一人稱書寫的短篇小說，並不以全然無辜的角度出發，無論是整形、網紅、婚姻或工作，裡頭每一個人都似乎有被好好指教一頓的充分理由：「誰叫你要○○○嘛，這也是沒辦法的事啊。」也因為第一人稱書寫，讀者很容易被帶入某種似是而非的高亢情緒中，進而認可了那些逐步越界的指教，跟著故事角色開始進入癲狂狀態，或者被他人的癲狂淹沒時，很可能早已遠遠被沖過了界線，還以為自己站在大道理那一邊。

殊不知每一個無限上綱的「關你屁事」，全都來自於這個「誰叫你要○○○」與「誰叫你是×××」的句型——在失去邊界感的人際關係中，這兩者疊加之下將帶來的，不只是插手管閒事，更可能讓確實值得關注與矯正的事件變得失控，讓真正試圖對話的意念與以刻薄為傲的風涼話一同滅頂，讓所有越界與沒有越界的言論全都面目模糊，讓所有的語言文字失去力量，只剩「閉嘴」與「失控」兩個極端。

失去邊界感的人際輿論之所以危險，在於它最終將剝奪我們溝通的能力與意願。要對抗這種消融一切的模糊，我們便該記得從書頁間抬起頭來，看一下鏡子裡的自己，好好記住那副被作者逗得嘴歪眼斜的模樣，正是我們該極力避免在現實生活中重現的。

格外留意腳下的潮水將你帶往何處，褲子是否還在身上，也留意手上的萬能鑰匙，它絕非讓人迴避一切的魔杖。

但在那之前——先讓我們好好地在綿矢莉莎的荒謬短篇裡，痛快地大笑一場。

討厭我就不要叫我來。

綿矢莉莎

簡捷——譯

被素未謀面的陌生人討厭，
證明了你有多耀眼。

——芭黎絲．希爾頓

\ 目次 /

眼帯のミニーマウス

戴眼罩的米妮

在 U-NEXT 上看了一堆八〇年代後半到九〇年代的美國電影，我突然很想用聽筒講電話，於是在亞馬遜上買了一支。智慧型手機當然不需要什麼聽筒，但電影裡的女主角們用指尖捲著聽筒線、把聽筒夾在耳朵和肩膀之間塗著指甲油的模樣讓我好生嚮往，所以現在也這樣和瀧瀧用紅色聽筒聊著天。用這東西講電話的時候，說起話來自然而然就會變成西洋電影配音風格，還真不可思議。聽筒線末端插在智慧型手機的孔洞裡，但插線沒什麼意義吧？這支聽筒和手機是用藍芽連接的。

「唉，再這樣下去，我在這間公司說不定就待不下去了。真沒想到，我才進公司短短一年半就想放棄……」

瀧瀧最近獲得破例升遷，來自周遭的嫉妒陡然增加，對她工作成果的要求也隨之提高，各種壓力壓得她快要得憂鬱症，我很少看見她這樣。破例升遷在我看來光鮮亮麗，羨慕死了，但瀧瀧她本來就養成了幾乎靠脊髓反射就能體恤周遭的習慣，這種唯有自己獨享厚遇的情況，對她而言反而受不了。

「妳等一下呀瀧瀧，才剛升遷就要辭職未免太可惜了！妳得撐到領錢才划算，對吧？」

「我已經不在乎錢了，如果可以休息的話我寧願繳錢。地位伴隨著責任，大家期待的工作成果也越來越沉重……」

「Haha，妳還只是個菜鳥耶！沒有人會對妳抱那麼高的期待啦。」

假如這是部美國喜劇，這裡應該插入罐頭笑聲，但任憑我再怎麼豎起耳朵，也沒聽見聽筒另一頭的瀧瀧發出任何聲音。

「假如真的是我想太多，那該有多輕鬆啊。可是實際上一旦我的工作表現不理想，周遭的眼光就確實更嚴厲了。而且周遭不像之前那樣都是同屆和後輩，現在工作的時候身邊總是圍繞著年紀比我大十歲以上的前輩，經驗之類的差距一目瞭然，報告的時候自己像白痴一樣的說話方式都快讓我吐出來了。上次我報告完，居然有人說『瀧澤小姐，請妳繼續說完』……我的報告確實比別人短了一些，但我統整得很簡潔扼要，本來還很有自信的，聽了好想哭。」

該不會她假裝吐苦水，其實是在炫耀吧？我在同齡人當中最早出人頭地，飽受期待好困擾哦～之類的？但瀧瀧不是那種人，雖然她表面上看起來精明幹練，但其實從大學時代開始就很苦惱自己什麼技能都會一點，卻樣樣都不專精。

「哎呀可憐的瀧瀧，妳是不是睡得不好啊？所以才容易陷入負面思考。」

「妳猜對了！我最近都睡眠不足，明明有時間睡覺，卻總是在半夜醒來，然後煩惱的事情太多，一直到天亮都睡不著。唉——」

瀧瀧嘆氣的聲音太大，變成了噗嚓沙沙的雜訊聲傳入我耳中。面對她的牢騷，我「嗯、嗯」地隨口點頭，閒來無事抬起手對著桌上的檯燈端詳。我的左手指甲上貼著紅綠黃三隻小熊軟糖，之前到美甲沙龍的時候，我對美甲師手上的小熊軟糖裝飾一見鍾情，馬上請她幫我貼了一模一樣的。「這個小熊裝飾不是市面上買的哦，是我把美甲凝膠倒進小熊軟糖的模具裡面自己做的。」美甲師看起來頗為得意。食指上貼著紅色，中指上貼著綠色，無名指上貼著黃色小熊，令人垂涎欲滴的半透明色彩，熊臉上帶著微笑，咬下去感覺會發出嘰啾嘰啾的聲音。

我邊跟瀧瀧講話，邊打開智慧型手機的相機，為了把所有小熊拍得甜美可人，一下變換手機角度、一下挪動指尖地調整方向。可是這美甲已經是一週前做的了，指甲總是免不了長長，根部沒塗顏色的地方顯得特別難看。指甲從根部長出來，開始露出白色的弧形，像指甲在笑。再放得久一點，這嘴越咧越開，過兩週就會看見它在大爆笑了。

時效是美甲自拍的靈魂，我不該拖這麼久才拍照的。

「哎，我聽到喀沙喀沙的聲音，妳是不是一邊聊天，一邊在做其他事呀？」

「嗯，我在幫我的美甲拍照，準備放上ＩＧ。」

「妳也太辛苦了，最近照片是不是上傳得比之前更頻繁啦？」

「一天大概十張左右吧，因為遠距工作，零碎時間變多了嘛。」

「莉奈奈妳跟以前都沒變，一樣是個愛博關注的寶寶啊。」

搞什麼？這突然冒出來的寶寶當然不是我。當我瘋狂更新ＩＧ，總是有人說「妳一定是很想被人按讚」、「妳是想炫耀自己過得多幸福嗎？」但我壓根沒有那種欲望。

「我也不是為了給誰看才上傳的，應該算是每天生活的紀錄吧。」

「那不要公開，像日記一樣只給自己看不就好了？」

「No，那豈不是太浪費了嗎！必須把我閃亮亮的生活分享給粉絲們才行！」

聽筒另一端傳來笑聲，瀧瀧終於笑了。我和她一起笑了起來，把聽筒重新在耳朵和肩膀之間夾好，用力摳著指甲上的小熊軟糖，想把它扒下來。先弄下來再去重做一次，貼了新的小熊再來自拍吧。我知道去美甲沙龍卸甲比較好，對指甲也比較健康，但一旦知道拍不出好照片，我就突然嫌它礙事了。之前新冠疫情開始延燒，政府發布緊急事態宣言，幾乎所有店家都停止營業的那時候，我正好做了超高調貼鑽款的美甲，只能全部自己靠蠻力撕掉，弄得指甲表面一片慘狀，應該是原生甲的表面也一起被撕掉了。當時我心想，無法靠自己管理的美妝打扮果然還是做不得啊，但到了美甲沙龍重新開張的現在，我又像沒事一樣定期去報到。

「像莉奈奈妳玩ＩＧ一樣，如果我也有疫情之下可以進行的娛樂，可能就不會為了公司的事苦惱成這樣了。想游泳嘛，區立綜合體育館也休館了，想登山嘛，政府又要求避免外出，我的兩種興趣都不能進行了。」

「就去登山啊，現在電車之類的大眾運輸都空蕩蕩的，去山上也不算群聚，不會感染新冠肺炎。」

「我才沒有那種勇氣。現在社會上這個狀況我還跑出去玩，要是被公司發現，不曉得大家會怎麼說我。光想到這裡我就放棄了，開始覺得算了，還是乖乖待在家裡。」

「一方面也是因為一直待在家裡才容易想太多吧？總是得透透氣啊。」

「妳說得對。出社會之後，我一忙起來生活就容易只剩下家裡和公司兩點一線，而且自從新冠疫情之後這種狀況又更顯著了。真是太丟臉了，我居然連取悅自己都做不到。最近我對自己特別沒自信，大學時候的一些朋友呀，還有包括莉奈奈妳在內，雖然這麼說有點失禮，但很多我原本覺得出社會很難生存的同學，結果都意外適應得很好，該怎麼說呢，看見她們那樣子就讓我焦急起來，覺得我明明都還無法適應……」

「妳說的是海松子？」

「呃，我也不好直接指名道姓啦。」

「但妳說的就是海松子吧？之前在LINE群組聊到，她好像在努力忙教師研習嘛。增增也是，在職場上也不怕上司，很敢發表自己的意見。」

「大家都是獨當一面的社會人士了。莉奈奈妳也是呀，感覺在現在這間公司做得很順利。大學的時候我都是負責陪妳商量煩惱的那一個，結果現在反而換成妳一直聽我吐苦水。」

「順不順利我也不知道，不過至少沒有辭職啦。雖然只是間小小的廣告公司，感覺明天就要倒了。」

「妳這種理性又有點抽離的心態剛剛好吧。」

「說不定哦。不過我們昨天原本預計要遠距辦公的，結果突然又被叫去公司，忙業務的時候被 yummy 主任看到我指甲上貼著小熊了。」

「yummy 是那個，叫什麼來著……上山主任？」

一次對話當中，我意外得知大學同班的海松子在腦海中並不像其他人那樣叫我「莉奈奈」，而是叫我「自拍拍」，我聽了爆笑出聲。當時覺得她真的好奇怪，但不知不覺間，我也迷上了幫別人取自己喜歡的綽號。

「yummy 主任板著臉問我：『妳還真敢在新冠疫情流行的時候做這麼誇張的指甲啊，這樣有辦法維持手部清潔嗎？』所以我就回答：『我是有在洗手，不過主任說得沒錯，縫隙裡確實有可能夾著新冠病毒呢，大概有五百億個吧。』結果 yummy 主任露出更嚴肅的表情說：『怎麼會，又不是比菲德氏菌……下次進公司之前去弄掉。』聲音超低、超好聽，好性感哦。」

「上山主任這個人好有趣哦。」

「沒錯，所以我就算被他罵了還是不太怕他。倒不如說我快愛上他了，被罵的時候不覺得都溼了嗎？」

「不覺得、不覺得！莉奈奈妳是 M 吧？」

「是嗎——」

我靠蠻力用別隻指甲硬摳手上的小熊軟糖，黏著面便翹了起來，我陶醉地把它們一塊一塊剝下。美甲不只塗上去的過程有趣，把它撕下來的過程也很好玩。沒過多久，三隻說不定沾著新冠病毒的小熊軟糖就在桌上排排站。

小時候，就我記憶所及，家人第一次買給我的娃娃是米奇和米妮這對老鼠情侶檔，放在我根本不練習的鋼琴上面。我屢屢把它們拿下來，尤其偏愛幫米妮換著衣服玩。身為米奇永遠的女朋友，米妮臉上帶著自信滿滿的笑容，讓我好生憧憬。不過一取下她的緞帶、脫下白點紅洋裝和白色南瓜褲，底下便露出烏漆抹黑的老鼠身體，長著細細長長的尾巴，看了有點不舒服。脫下衣服之後，米妮之所以為米妮的特徵便只剩下大眼睛上三根像棘刺一樣的睫毛而已。說不定是在那時候，我認知到了衣飾的重要性。

每當我撒嬌拜託，媽媽總會拿手藝材料行買的布料，替我做和米妮一模一樣的洋裝。

「妳看，是跟米妮成對的裙子哦♪是媽媽努力幫妳縫的。」

「哇——♡謝謝媽媽♡」

那時候萬聖節之類的還不流行，我在平常日也天天穿著自家手縫的洋裝上幼稚園，其他小孩都說「是米妮耶，好可愛～」。我媽媽超級喜歡可愛的東西，或許是聽到我被讚美讓她特別得意，她又買了幾本縫製女童洋裝的型紙書，用專業的縫紉機縫了好多件洋裝讓我穿，每件都充滿了圓領、荷葉邊、粉紅色、紅色這些高甜度要素。和媽媽氣味相投的我高興得不得了，把當時著迷的莉卡娃娃、芭比娃娃、珍妮娃娃全都丟到一邊，把自己當成換裝洋娃娃，再穿上白色褲襪當作最後點綴，衝到公寓樓下的公園去玩。

但玩耍的時候我被奇怪的傢伙在溜滑梯附近拍到露內褲的下流照片，最後還差點被誘拐。同社區的居民覺得那傢伙行跡可疑，跟他搭了話，結果那傢伙就逃跑了，所以還好沒發生什麼事，但我家卻因此鬧得雞飛狗跳。

都是妳讓莉奈穿那些奇裝異服，才害莉奈遭遇危險——爸爸和奶奶齊聲這麼譴責，媽媽邊哭邊抱著我說「你們說得沒錯」，再也不替我縫洋裝了。

「對不起，小莉奈，都是媽媽害妳遇到這麼危險的事情。妳明明不是換裝洋娃娃，我不該讓妳那樣穿……」

但當時為時已晚，生米已經煮成壽司飯。遺傳自媽媽的喜好和早期教育早就深入我的骨髓，被變態盯上這點小事已經無法動搖我對蘿莉塔服裝的熱愛，所以媽媽不再幫我縫洋裝讓我氣得跳腳。反正我本來就不打算上那種傢伙的車，可是我想讓他幫我拍照，所以才會擺出各種姿勢嘛，妳幹嘛那麼在意啦，趕快幫我做洋裝——我用幼兒語對媽媽表達上述內容以示抗議，但媽媽只是臉色發青地抱緊我，縫紉機仍然收在壁櫥最深處。那個死王八蛋拍的照片被投入我家信箱，沒有署名，成了最後一根稻草。

可是我無法接受啊！我覺得那些甜～美爆表的衣服超級適合我的，

而且穿上像泡芙一樣蓬蓬的裙子，在底下穿上鮮奶油餡一樣的裙撐，再穿上白色褲襪，讓媽媽幫我綁上鮮奶油擠花般捲成螺旋的馬尾或雙馬尾的時候，我的心情比真正的公主還更像公主。我想我絕不能失去這種貴族特權，雖然當時的我還不知道貴族特權這個詞是什麼意思。

儘管歷經了各種波折，但我和媽媽對可愛東西的熱情之火可不會被這點水澆熄。我開始瞞著周遭偷偷買下可愛的小東西，悄悄穿戴在身上。

到了國小中年級的時候，媽媽買了乍看並不可愛的黑色系裙子給我穿，因此我的屬性自然也從甜美蘿莉變成了暗黑蘿莉。櫻桃花樣鮮豔得彷彿帶有劇毒，蓬鬆黑裙上噴滿了蠟，上頭綴滿了鮮紅色明晃晃的大櫻桃，這是我當時最喜歡的一件。

然而，蘿莉塔服裝警察不只出現在我家，連在教室也開始出沒。只要看到我穿著稍微蓬鬆一點的裙子，總會有好同學拿棒子在後面追著我跑，所以我又不得不穿回樸素的樣子。穿著變樸素之後，霸凌行為也隨之平息下來，但無法穿上喜歡的衣服上學的煩悶日漸累積，我一看到穿得可愛、帥氣一點的小朋友就毫不掩飾恨意，拿剝成小塊的橡皮擦丟他們。身為雜魚角色的我馬上遭到報復，在午休時間被叫到校舍後面，被人拿跳繩綁在樹幹上修理了一頓，還被同班同學討厭到有一天到校後發現自己的課桌椅不翼而飛，後來我就拒絕上學了。

溜滑梯旁邊有變態出沒，學生霸凌還這麼嚴重，這個地區的治安到底怎麼回事？——我父母這麼討論之後決定搬家，我進入了另一個學區的國中就讀。為了不在新的國中被人家說我囂張，我認真又乖巧地按照校規穿制服，沒玩任何花樣，卻感覺自己的某些部分在這身打扮的內側被厚重的外殼包覆，無法發芽，像蕨葉那樣一邊捲曲一邊成長。這段時期我陷入憂鬱，開始出現輕微的割腕行為，到了國中畢業的時候，細小的切割傷疤從我的手腕一路規律地排列到肩膀。

上了高中，我透過網路認識了興趣相投的朋友，開始和她們一起到原宿遛達。從我家過去單程就要兩小時，但我憑藉一股毅力，堅持每週末都去。念了高中之後，這時期的我開始討厭單純甜美的蘿莉塔打扮，改穿復古服裝店買來的法國製蓬蓬袖古著女用襯衫，和長到拖地的灰色長裙。看起來不像蘿莉塔，更像是出現在西洋鬼屋裡的女主人，或是《阿爾卑斯山的少女海蒂》裡的羅田麥爾厭倦了禁欲打扮，開始穿得更女性化一點的模樣。在我身旁，透過網站認識、一起玩過幾次，我甚至忘記名字的女生同伴則穿著馬甲迷你裙，上頭印滿了像標本一樣了無生氣的小鹿。我們只是興趣相近，基於身邊有個類似打扮的人一起走在街上可以壯膽才結伴行動，如果問她是否真的是我朋友，我確實還有點疑惑。

「我們這種打扮，到了二十歲以後就不會被容許了吧。」

某天，她坐在路旁護欄上吃著麵包，這麼喃喃自語。

我儘管嘴上沒說什麼，心裡卻覺得這女生講話真奇怪。說到底，我們這身打扮本來就沒有哪個時期是被容許的。只要走在街上，眾人看了我們的衣著便會在面露詫異之後無禮地盯著我們的臉看，情侶檔還會指著我們嘻笑。我們幾歲對他們而言並不重要，我們只是一種異質的存在罷了。妳明明都穿得這麼引人注目裝模作樣地在街上亂逛了，為什麼事到如今才乖順地搬出世俗標準，不再穿蘿莉塔？

「再怎麼說，過了二十歲還穿著水果聖代印花的蓬蓬裙一定會被嘲笑的。看身邊的Lo娘都慢慢開始退圈，我應該也是時候了吧。」

她露出落寞的微笑喃喃這麼說，視線另一端是她腳下十公分高的白色瑪莉珍。她的腳尖微微向內傾斜，鞋頭部分塗了修補漆，好蓋住白漆上黑色的刮痕，鞋子表面因此有點凹凸不平，和她身上印著密密麻麻小鹿的茶色蘿莉塔洋裝比起來微妙地具有生活感。

這女生真的很奇怪。明明無論幾歲的人，一旦穿上印著水果聖代或小動物、底下還被裙撐撐得鼓鼓脹脹的蓬蓬裙，都一定會被幼兒以外的所有人嘲笑。

黃綠色的山手線電車滑進月臺，我們把身體擠進傍晚水洩不通、人滿為患的車廂，在身邊乘客不悅的咋舌聲中用手壓著蓬鬆礙事的裙撐，一路被急轉彎和急煞甩來甩去，回到了距離自家最近的車站。

上大學之後我開始使用ＩＧ，沒想到獲得的追蹤數多得出乎意料，洋洋得意的我開始把追蹤者稱作「我的信眾」。

「為什麼ＩＧ只能按『喜歡』不能按『羨慕』啊，『羨慕』比『喜歡』更能表達臣民對本大小姐有多豔羨對吧？」

「莉奈奈又在得意忘形了！為什麼這種女生的追蹤數這麼多啊，真搞不懂這個社會怎麼了。」

我也是在這時候交到了瀧瀧這個朋友，還記得我們有過這樣的對話。

陷入憂鬱的時候，明知道遠離社群媒體就好，我卻還是忍不住發出全黑背景上貼著長文的限時動態，文章主詞不多，語意曖昧不清，只讓人感受到滿滿的苦惱。明知道這麼做粉絲數會減少，但我還是忍不住，無法壓抑自己黑暗、陰沉的部分。動態一發出去的瞬間確實很痛快，但我總是立刻反悔，將它刪除。我的心情即時地被表明，然後馬上消失不見。

我的穿衣風格往往被人說成過時的蘿莉塔，放在周遭以簡約休閒打扮居多的人群中格格不入。即使穿得好看，唯一有可能欣賞我的也只有那些喜歡什麼山本耀司風格、明明熱到流汗卻還是一年四季穿著黑壓壓衣服、剪著齊髮尾文青頭的男生，而且他們也發自內心瞧不起我。正因為我們雙方都喜歡世界觀有點黑暗的服飾，所以才特別想強調「我和他們不一樣！」吧。不過我還是有一定的粉絲，每當我穿新衣服到校，她們總會嘩地聚過來，一臉陶醉地說：「莉奈奈妳今天也像洋娃娃一樣可愛！」是一群喜歡甜美的衣服和點心，臉上長滿青春痘的女孩。這種受到小眾的狂熱愛好者追隨，卻不受一般群眾歡迎的狀況讓大學時期的我相當不滿。當這些雞毛蒜皮的不滿爆發，我不時會在社群媒體上寫些憂鬱病態的文章，歇斯底里的直播也越開越多。然而狂熱愛好者在網路世界裡多不勝數，明明是狂熱分子，人數卻多到不像小眾，在網路上我很受歡迎。雖然我不擅長挑揀粉絲，不會對某些追蹤者和顏悅色、卻排擠掉某些人，無論什麼樣的傢伙我都來者不拒地互動，所以貼文底下總是吵得很兇。

沒加入社團的話，大學生活算是相當悠閒，我每晚出外夜遊，但總有那麼幾個夜晚感覺隨時都要被自戀吞噬。我走上街、走進人群聚集的場所，穿梭在舞池裡想著我要比任何人都更受矚目的時候，往廁所鏡子裡一看，自己的臉卻腫得像平時的兩倍大。別開臉抬起下巴，我氣勢凌人卻少了幾分可愛，明明希望所有人看著自己，我卻不斷在意、嫉妒別人，這讓我好不甘心，我失去的從容化為油脂，浮在皮膚表面。

「請看看我」是一隻破殼而出的怪物，飢餓的肚子無論過了多久都無法被滿足，撐著兩條被高跟折騰得疲倦不堪的腿，裸露著膝蓋像流浪犬一樣四處徘徊。無論我穿上多醒目、多可愛的裙子，群眾總是聚在面貌姣好、身材曼妙的人身邊，誰也不來找我。

這時候我終於注意到：重要的不是衣服，而是臉蛋吧？

我映在鏡中的臉雖然稱不上醜陋，但五官比較扁平，也比較分散，看起來有點像豆大福，感覺底下塞滿了惹人厭的淡紫色豆沙餡一樣。該不會是因為我的五官長得非常和風，卻老是穿著像陶瓷娃娃一樣的衣服，所以旁人看了才覺得煩躁吧？

走出俱樂部準備搭首班電車的時候，薄大衣外套遮不住、被鞋子磨得到處破皮的腿總是好冷，因為睡眠不足又一直戴著隱形眼鏡，眼球也乾得不得了。跟我結伴同行的女生被人外帶回家而中途消失的日子最難受，粗礪不平的柏油路面微不可察地嚙咬著無言步行的我的脊骨。我討厭四下一片寂靜，尤其討厭闃靜無聲的黎明。現在還在念書的學生們因為新冠疫情的關係，晚上沒辦法上夜店玩吧，那好像滿無聊的。不對，那種經驗不要也罷，沒什麼好可惜。

「媽媽，那個呀，能不能借我錢？」

「嗯？」

「我想跟妳借錢，只靠打工賺的不夠多。等我賺大錢會還妳的，拜託嘛——」

「哎呀，莉奈，妳借錢要做什麼？」

「整形。」

一陣輕盈高雅的沉默像棉花糖一樣溫柔而甜美地裹住我和媽媽，然後媽媽一臉為難地開口：

「整形……妳想整哪裡？」

「我想割雙眼皮。」

「可是莉奈，妳本來就有雙眼皮了吧？」

「現在這一種和我喜歡的雙眼皮是不同種類。」

媽媽不安的視線在我的眼睛一帶左右徘徊。

「雙眼皮……還有不同種類？媽媽聽不太懂耶。」

「我現在這種是偏向內雙的雙眼皮，對吧？但我想整成平行的那種雙眼皮。」

「居然……媽媽自認還滿理解莉奈妳對美感的堅持，但這不會太講究了？妳現在的眼睛也非常漂亮，應該沒有必要特地動那麼大的手術傷害身體吧？」

「不是大手術，只是稍微切開一點點再縫起來而已，兩隻眼睛三十萬圓。拜託了。」

我一毫米也不退縮，鍥而不捨地拜託媽媽，最後她終於讓步，答應借給我三十萬圓。交涉成功之後，媽媽仍然面帶不甚理解的表情，把手放在臉頰邊，臉上蒙著一層陰霾。

「莉奈，該怎麼說，對不起呀。」

「咦，為什麼要道歉？」

「對不起，沒有生給妳一張妳喜歡的臉。」

我把手放在媽媽手上。

「別這麼說，我都懂的。媽媽妳既不是神，也沒有意願設計人工嬰兒，只是個單純的母體而已呀。」

「是啊，媽媽也知道這種事說了也無可奈何。不過雖然和這件事無關，媽媽最近也在反省自己帶小孩帶得不好。想把莉奈妳這個獨生女當成掌上明珠一樣捧在掌心養，但很多時候不得要領，好像只是白忙一場。假如我有更多同樣當媽媽的朋友，能跟周遭商量的話，事情可能就會不一樣了吧，但媽媽的朋友實在很少，倒不如說一個朋友也沒有，就連跟自己家父母的關係也不好。都是因為媽媽不諳世事，害得莉奈妳一直以來承受了很多不必要的辛苦，對不起啊。」

「媽媽，我非常喜歡媽媽妳親手縫的洋裝哦。」

「莉奈……」

「所以妳不要再反省了。」

我到品川整形外科動了兩眼割雙眼皮的手術。先動完左眼才動右眼，消腫之後的左眼效果絕佳，我欣喜若狂。右眼雖然還戴著眼罩，但我實在好想跟大家炫耀我那隻變得像牡丹開花一樣漂亮的左眼。嘴上說是長了針眼，但另一方面，我心裡有個角落也很想揭穿自己根本不是因為那麼陰鬱的原因才戴著眼罩。

所以第一次戴著白色眼罩到校的時候，我穿上了像米妮一樣紅底印著白色大圓點的洋裝，配上白色短襪，和鞋底厚到一跌倒大概會摔死的厚底樂福鞋，頭上再綁個高馬尾。我無論在通勤的公車上還是在校園內都十足引人注目，路人和同學都盯著我看。我身在得意的顛峰，連聲音都比平常高了大約四倍，總覺得第一次找到了自己想要的打扮。「明明得了眼疾，妳還這麼有精神啊。」一路過的教授苦笑道。無論從鏡子還是周遭的反應，我都看得出這是自己人生中最耀眼、最美麗的一刻，像憋了兩天終於吸到水分的花束。當我一笑，眼罩看起來顯得更白了。

大學畢業後我回到老家，在故鄉的公司就職。這裡的醫美診所不像東京都內那麼密集，但車站前還是開著幾間，所以我領了薪水就按順序每間拜訪，利用促銷折扣一點一點修正我的臉。我沒動需要切開、縫合的手術，只做了一些小注射。只要成為「見證者」，同意讓院方拍下黑線遮住眼睛的宣傳用照片，費用就便宜到接近半價，我於是積極地利用這項優惠。我還沒動過大手術，之所以覺得整過頭也不太好，是因為注意到整形醫師和櫃檯人員當中，有些人把臉整得太端正，面部五官立體而成熟，身體卻肩膀狹窄，看起來像弱不禁風的小孩。包括臉部在內的頭部，並不像放在碟子上的茶杯那樣特別醒目，假如從整體的角度觀看一個人，等同於碟子的身體部分反而占據著更大的面積。密集地改造臉蛋會造成臉部跟全身整體散發的氣質越來越不一致，這樣可不行。

出社會之後，我的興趣愛好還是老樣子。媽媽也還是老樣子，我房間裡的特大美樂蒂布娃娃穿著媽媽親手做的裙子，不過是件妖豔的金色緊身裙，因此我叫它「歌姬美樂蒂」，把它放在床邊。它散發著隨時會唱起〈夜深人靜時〉的威嚴。

我在ＩＧ上發表的＃裝飾口罩，上頭貼了施華洛世奇水晶，還別了一大堆彩虹和黃色笑臉徽章，群眾的盛讚馬上如雪片般飛來。

『戴口罩是為了防止疾病傳染，為什麼還要特地去裝飾它？徽章上有別針也很危險，幹這種事的是白痴嗎？』

『真不好意思我是白痴🥺
但也比你聰明100倍🥺🥺🥺🥺』

我連發水汪汪大眼的表情符號。第一次看見這張小黃臉上水汪汪的大眼睛，我便立刻詠了一首心之俳句。

深秋時節愁煞人　就算流行已過時
我會一輩子追隨　楚楚可憐哭哭臉

這張賣萌臉用多了，腦內便湧出奇怪的化學物質，產生出一種「人家什麼都不懂嘛🥺所以無論做什麼都會被原諒🥺」的心情，進入腦內無敵狀態。但我堅持不使用「#無辜系女子」的標籤，我只是自發性地喜歡上這張哭哭臉，偶然和潮流達成一致而已，因此被劃作同一個群體會讓我不爽。哭哭臉要是還在今年的流行語大賞奪得優勝，那就真的太嘔氣了。我才不趕什麼流行，是流行自己來趕上我的。

比起ＭＣＭ的迷你粉紅後背包，MOSCHINO那個印著大玩具熊的後背包還要更有病一百倍，地雷女們下次讓它流行起來吧。

我繼續滑手機打發時間。世上存在無數的網頁，能下載無數的應用程式，我下意識相信只要窺視著手機螢幕就擁有無限多種消遣，但其實我已經膩了。無論看見多麼有意思的新內容，其實我早就沒了興趣。

新冠疫情爆發，不管春夏秋冬何時何地，與人見面都變得非得戴口罩不可時我暴跳如雷，不織布一直摩擦臉頰會讓我的膚況變差！但實際上戴著口罩生活之後，總覺得與他人之間心理上的距離和「只展現出半張臉」這樣遙遠的距離畫上了等號，心情也平靜下來。雖然我現在還是很討厭不織布，都戴布質口罩就是了。

自己的臉被遮住令人安心，別人遮著臉也令人安心。以前與人交談的時候，總覺得對方的眼睛立刻表現出情緒、表達出太多訊息有點恐怖，所以我不太喜歡看著對方的眼睛說話。但自從口罩遮住嘴巴之後，我發現真正可怕的其實是嘴巴。一下彎著嘴笑、一下不平地撇著嘴角，一下露出成排的牙齒，話說個沒完也動個沒完，惹人厭煩。還會大口吃喝飲食，這麼野蠻的器官居然占領了整張臉的下半部，也太沒道理了。反過來說，我自己也擔心牙齒上萬一沾著東西怎麼辦，而且我一感到困窘本來就會用手遮住嘴巴，所以在嘴巴隨時都被擋住的情況下過得很自在。

眼睛不像嘴巴那樣能言善道，眼睛乾淨又惹人憐愛。即使生氣了它也只會稍微變個眼色，沒有任何危害，攻擊過來的永遠都是醜陋的嘴。

我在早晨擠得水洩不通的電車裡滑著手機，某知名偶像結婚的特報消息衝上了今天的網路新聞頭條。標題是「為摯愛的粉絲顧慮再三，終於在萬全考量後發表婚訊!!」這種一眼就看得出是在追捧藝人、美化形象的報導，這位藝人的粉絲看了不會生氣嗎？難道做夢也沒想過藝人真正深愛的只有那位結婚對象一個人，為了保護那個人、防範瘋狂粉絲暴動，才在再三顧慮之後慎重其事地發表婚訊嗎？

不，粉絲們多半注意到了，在偶像結婚之前心裡就隱約有了底，只是被商業戰略兜著圈子捲成漩渦狀的棒棒糖捲了進去無法脫身。關掉網路新聞，我的手機主畫面上，也放著我最喜歡的演員最好看的那張燦爛笑容特寫。通勤時看到桌布，就像一口氣灌下整罐魔爪能量飲一樣讓我精神百倍。

爬上樓梯來到地面，我從背包拿出消毒噴霧，除了手部之外也順便噴了肩膀和裙子。消毒水和消毒噴霧對我來說不是用來殺菌或殺死新冠病毒，而是和淨化用的鹽或聖水擁有同樣的意義。碰到汙穢的東西想轉換心情的時候、想忘掉討厭的事情重新振作的時候，我會向自己周遭的空氣噴灑消毒水，或是噴在手上。噴過後神清氣爽，帶有檸檬香氣的還會讓我心情特別好。使用完畢，我把消毒噴霧放回被我當作化妝包的束口袋內。我很喜歡尺寸正好像子宮那麼大的束口袋，總是隨身帶著兩、三個，往裡面塞滿消毒用品、護唇膏、單色眼影之類的小東西。想要填滿子宮什麼的，我是欲求不滿嗎？

接了縣政府的案子後，委託插畫家畫的海報品質我不滿意，於是把下屬咕咕鴿叫了過來。

「草稿上這個女生的奶子，為什麼像胸口裝了兩座活火山一樣那麼挺？麻煩妳去請繪師重畫。」

「可是交件日期快到了，要是現在再重畫，就趕不及部門的競圖了。」

「但要是把這種海報張貼出去，女權團體會跑來抗議的。」

「可是這張插圖是女性畫的耶……」

「那不是更刻意了嗎，明明知道奶子沒那麼硬邦邦，還故意畫成這種萌系風格。去請她重畫，不用整張重來沒關係，改這塊胸部的部分就好。」

咕咕鴿嘆了一口大氣。

「我知道了，我去跟她說。但我不能保證對方願不願意修正哦。」

「好了好了，去處理吧。」

我揮揮手，咕咕鴿嘆著氣走了。

「山崎，妳不要太為難鳩山哦。」

yummy主任從後方對我這麼說，嚇了我一跳。

「啊，主任，被你聽到啦。」

「聽到了。這個案子和插畫家之間溝通了很久都不順利，進度一直停滯不前，所以我才好奇怎麼回事。山崎，妳其實對這個案件沒興趣吧？」

「咦……」

「明明沒興趣、不關心也沒幹勁，妳卻為了表現出有在工作的樣子東挑西揀，一直找鳩山的碴吧。」

「可惡，被發現了啊。」

「太明顯了。要是像這樣光會擺出前輩的架子，也沒有後輩會尊敬妳的，所以快點替她在文件上蓋章吧。再拖拖拉拉下去，也會拉低部門整體的工作效率。而且說到底，妳才進公司第二年，也不是負責帶她的主管，沒有資格命令她哦。」

不愧是yummy主任，真是眼光獨到耳聰目明呀，連我私底下偷偷摸摸擺的架子也被他一眼看穿，好喜歡♡就連又細又柔順感覺將來易禿的髮質，和神經質地蹙著眉毛感覺常常胃痛的樣子都好喜歡♡他個性認真，所以和其他人一向只談公事，跟我聊天的時候卻好像很享受輕鬆隨性的對話。

我好想跟這傢伙結婚成為家庭主婦，奔向青春大富翁的終點啊。但yummy主任感覺會被比我大兩歲、愛照顧人的「奶媽陷阱」整碗端走，畢竟在主任看不到的時候，那女人的眼睛就像決心殺進敵陣的武士一樣散發出志在必得的光芒。

我第一次見到奶媽的時候，覺得她是個不施脂粉、外表看起來還像個大學生一樣的無趣女人，但等到我自己成了社會人士之後，也慢慢理解了這種人的魅力——她們沉著穩重，也就是說精神上非常安定。

大概不會像我一樣和男人分手的時候邊哭邊赤裸著雙腳跑出我們爭吵的屋子，一回頭發現男人沒追過來而暴跳如雷，撿起掉在路邊的樹枝揮舞著回房繼續吵架——這種心驚肉跳的神經病狂歡祭大概與她無緣。她應該也不會因為男人心生恐懼不再聯絡而大發雷霆，把一整瓶美乃滋和一整瓶番茄醬擠進對方的信箱，親眼看著紅白相間的黏稠物體從信箱縫隙慢慢漏出而感到滿足吧。不過就算是我也沒做過這種事，要是被報警就糟了。

滿二十歲之前，我下定決心「不吃可愛的食物」。原因是可愛的甜點大部分都甜得舌頭發麻，熱量又高，吃得越多，自己會變得越不可愛。我意志堅定，大致上都能遵守，當朋友在咖啡廳吃著水果聖代和杯子蛋糕，我就在一旁喝咖啡。不曉得是不是忍耐太久造成反彈，當我下班回家鑽進被窩，覺得嘴有點饞、宵夜誘惑最強大的危險時段，我開始養成了上網看 Food Porn 的興趣。

Food Porn 指的是令人垂涎欲滴的美食照片或影片，觀者再怎麼抵抗仍然不免被挑起食欲，在睡前無法抗拒誘惑地再吃一碗收尾的拉麵之類的，因此這類宵夜文也被稱作「深夜的美食恐攻」。但讓我看到無法自拔的不是外觀誘人的美食，而是國外、特別是美國那些像怪物一樣巨大的甜點。彩虹色蛋糕上的色素彷彿會把舌頭染成彩色；XL尺寸的超大聖代上插著 oreo 餅乾、Pocky、草莓巧克力、仙女棒；一整塊奶油被拿去裹粉油炸製成炸奶油；巧克力脆片蛋糕的斷面宛如土石流；可麗餅裡面盛滿了可愛粉彩色調的糖果和鮮奶油，感覺製作者只考慮到拍照美觀；七彩棒棒糖巨大到彷彿要把人捲進它彩虹色的有毒漩渦中。甜點各處散亂，不該出現在食物上的亂象讓人忍不住想抱怨：「瑪麗，妳也稍微收拾一下吧？」

看著這些甜點，我的食欲會神奇地減退，不僅心靈祥和地想著「世上還有這麼不得了的食物啊」，還能睡得更安穩。有段時間太過沉迷，我自己也想做做看這種點心，於是買了現成的海綿蛋糕，塗上鮮奶油，在蛋糕表面不留一絲縫隙地貼滿了明治和 M&M's 的彩色巧克力豆，但還是擺脫不了身為日本人講究細節的性格，完全追不上美式那種無論什麼東西全都擺上去的、強而有力的隨性。

像巨大蜂巢一樣的鬆餅上，淋滿了一萬隻以上的蜜蜂拚死採集也採不到那麼多的濃稠蜂蜜，流淌的蜜漿牽出金黃色細絲；肉桂捲上有著好幾條棕色的巧克力細線，像松鼠的尾巴。

但最近，出現了一種我光看已經無法滿足，無論如何都想放進嘴裡嘗嘗的甜點。

它叫做羅馬生乳包。

馬卡龍和珍珠奶茶我都裝作視而不見了，但面對羅馬生乳包，我沒有保持理智的自信。熱潮已經消退，賣羅馬生乳包的店家也越來越少了，看得我好心急。

我只是覺得它看起來很好吃，一直想嘗嘗而已，不知道它是什麼味道。會不會泡芙還比它好吃啊？好想吃吃看圓麵包的嘴張大到下巴快要脫臼，嘴裡塞著滿滿鮮奶油的羅馬生乳包。

為了抑制欲望，我買了羅馬生乳包的紓壓捏捏樂來捏著玩。空氣從出氣孔裡噗哧一聲擠出來的時候確實有點快感，但我的欲求不滿依舊沒有消除，而且好臭。它散發出光憑外表完全無法想像的橡膠臭味，用力把它捏緊，鮮奶油的表面部分便起了許多細小的縐紋，後來逐漸形成裂痕，就被我丟掉了。

我還收到了令人不安的情報。羅馬生乳包嘗起來不如它的外觀那麼像精緻甜品，反而只像是把鮮奶油夾進麵包裡的商品——看見這則羅馬生乳包的負評，我猶豫了。「既然如此，用酥皮麵團夾著鮮奶油的泡芙或許還比較好吃？」說起來，泡芙把自己最大的武器，也就是鮮奶油內餡包藏起來不輕易外露，攏緊了泡芙酥皮好好把胸口藏在外皮底下，但羅馬生乳包卻把自己隆乳過的胸部整顆露出來，就像在叫人快看快看一樣迅速吸引眾人的目光，不覺得有種下流又露骨的感覺嗎？既然我都要特地打破自己「不吃可愛甜點」的信條了，是不是該選擇泡芙才對？

在我左思右想的時候，或許是安眠藥生效了，濃濃的睡意湧來。

我閉上眼睛，讓羅馬生乳包浮現在我的眼皮內側。不可思議的是，夜半再怎麼想吃到近乎發狂的甜點，一旦到了早上睜開眼睛就彷彿失去了魔力，再也無法勾起我的興致。吃宵夜的欲望就像吸血鬼德古拉一樣，只在三更半夜醒來。

🥺

早上我出門上班，走在公司附近的路上時，開口笑前輩跟我說了聲「早安」，她的嘴唇有點向外突出，像紙摺出來的開口笑。我也跟她打了招呼，聊著今天也好熱哦、戴口罩很不舒服呢這些無關緊要的閒話時，開口笑前輩突然眼色一變。

「山崎小姐！不得了了，妳額頭上腫了好幾個包！是不是過敏還是被蚊蟲什麼的叮到了?!」

「啊，沒事的，我只是去打了豐額的玻尿酸。」

糟糕，答得太老實了。

「玻尿酸？該不會是醫美的那個玻尿酸？也就是說妳上班前先去

了醫院……應該說是醫美診所？」

開口笑前輩臉上的恐懼消失，轉而興致勃勃地亮起眼睛，我像傻子一樣老實地跟她解釋我為了讓額頭變圓、變好看，早上先去施打了玻尿酸才來上班，但馬上就後悔了。都是因為她問得太出其不意，害我把實情全都說溜了嘴。

開口笑前輩在我印象中是位溫柔女性，偶爾還會帶親手做的餅乾發給同事們，但她好像是個超愛八卦的大嘴巴，我去整形的事只花了短短兩小時就傳得同一課的所有同事人盡皆知。這職場上的同事全都是些想到什麼說什麼的三姑六婆，午飯時間於是出現了一群執拗地跑來調侃我整過容的大姐。

「山崎小姐，聽說妳在整形！整了哪裡啊？」

「稍微整了一下額頭。不過只打了一次針，說是整形太誇張了啦～應該算是微整形的等級吧？」

「放入異物使特定部位膨脹、打針抑制肌肉活動就算是整形了，沒有分什麼微不微的。」

對整形定義得這麼嚴謹，相較之下不覺得妳對隱私太隨便了嗎？

「可是即使是打針，要是失敗了也很可怕吧？聽說往鼻梁裡注射什麼東西，會造成原本的骨頭溶解掉，很嚴重的！」

「好——恐怖！要是想變漂亮結果反而失敗，我會更憂鬱耶。」

看到兩位三十歲後半的前輩大姐扭著身體表示害怕，我實在很想告訴她們：那個，妳們可能不知道，注射類想在臉上留下痕跡反而還比較困難哦？花了幾萬圓打針，結果只能換來連本人都看不太出來的一點小變化，更別說外人了。電視上報導的案例很多都是堪稱整形成癮、整過頭的例子，各位的印象是不是有點稍嫌偏頗了呀？

玻尿酸和肉毒桿菌這些，只要遵守醫師指定的適切劑量，體感效果就像夜雨淋溼的柏油路面到隔天早上曬到太陽時已經徹底乾燥那樣短暫又虛幻哦？

「其他還整了哪裡啊，鼻子？眼睛？」

「眼睛我大學的時候割過雙眼皮。」

「果然是這樣！雖然這麼說不太好意思，但我之前就覺得山崎妳臉上只有眼睛看起來特別突兀耶～」

以前就算察覺朋友跑去整形，也會心想「她一定非常煩惱才會想在父母生給自己的臉上動刀，雖然很明顯看得出來她鼻子裡墊了東西，但還是不要提起吧」。但隨著整形日漸普及，大眾對整形越來越熟悉也帶來了負面效果，如今問起整形的人都大肆表現出自己的好奇心，毫不掩飾。現在已經來到了因為整形而遭到揶揄的人必須默默忍耐的時代了，至於我，隱瞞自己整過臉有違我的自尊，所以也不甘示弱。倒不如說，像這樣什麼話都輕易說出口對我來說有點異常，可能我的精神衛生狀態也不太好了吧，向不怎麼親近的人過度吐露自我是我的症狀之一。

「妳的身體該不會也整過吧？」

「這個嘛，是沒動過手術，不過稍微打過玻尿酸之類的。」

我邊說邊想著，換作是我的話這時候一定會心想「搞半天奶子硬邦邦的不是妳自己嗎」，於是不著痕跡地打量了一下咕咕鴿的臉色，她果然用冷若冰霜的眼神看著我的胸部。

「好厲害哦！妳是正在找結婚對象，所以才想變美嗎？現在的年輕女生都會透過網路找對象吧？」

「我沒有在找耶。」

「妳吼，這樣說太失禮了啦。像山崎這麼受歡迎的女生根本不用上網找什麼對象，早就有一兩個男朋友啦，對吧？」

「我也沒有男朋友耶。」

「那妳為什麼要整形？」

「我不是為了整給誰看，真要說的話，是給自己看的吧。我也沒有想要變得特別受男人歡迎，整形是為了受自己歡迎。自己看了喜歡才是最重要的。」

「哎唷又來了，幹嘛這樣逞強。」

「山崎被外貌至上主義控制得太嚴重了吧？我認為活用天生優點的臉蛋才是最自然、最好的。」

奶媽陷阱突然也加入對話，邊咀嚼著三明治邊這麼說道。

「仁村，妳剛說啥？那個外什麼……」

其中一位大姐問她，差點咬到舌頭。
「外貌至上主義，就是過度在乎外表的意思。我說山崎啊，我看妳要是再多多充實自己的內涵，就不會想在自己臉上東挖西補了吧？」
「外貌至上主義不好嗎？妳是在否定整形醫師和製作化妝品的人嗎？我認為外貌也是一種重要的自我表現方式。」
「山崎，妳是不是生氣了？好——恐怖……」
從剛才開始就動不動害怕的前輩，聽我這麼說又害怕了起來。
「好意外哦，我一直以為山崎是可愛的奇妙女孩，沒想到說話還滿有膽量的。」
「咦——山崎一直假裝成柔弱女子，但她的個性其實很好強哦，是那種只有在喜歡的男人面前才會改變態度的類型，早就被我看穿了。」
奶媽陷阱，妳雖然裝出一副強悍的模樣，但其實很軟弱吧。妳是害怕我越變越漂亮，把yummy主任搶走吧？我忍住想這麼說的衝動，把頭部的重量轉移到伸長的脖子頂點，調節頭蓋骨的角度微微偏了偏頭。

呵呵呵，呵呵呵。

「對吧，一定常常有人這麼說妳吧？」

「妳是這麼想的嗎？」

「妳看嘛，果然很～好強！」

奶媽陷阱喜形於色地轉了轉手指，倒轉過來的食指往我面前一伸。

呵呵呵。呵呵呵……

我的整形八卦一躍而成公司裡的熱門話題。公司內部閒聊的時候，我雖然會為了找話題而說話，但其實對那些內容沒什麼興趣，也沒有多想，只是找些感覺大家會喜歡的話題，多少繪聲繪影地說得誇張一點炒熱氣氛，藉此打發時間。要是大家永遠只表達自己的想法，誰也不迎合他人提供話題，那聊天氣氛不可能熱絡得起來，現場只會維持著那種僵硬又沉悶的氛圍，眾人也會越來越傾向沉默，感覺跟在場的所有人都不可能變熟。我的傳聞大概也是在消費這種對話的時候隨意產生的東西，所以關於我整形的八卦多半也是用這種語氣被講述、在公司四處流傳的吧。

順帶一提，我的後輩咕咕鴿沒有拿這件事揶揄我，還開始帶著憐憫的眼神跟我說話。咕咕鴿真是個好女孩，希望她把我大擺前輩架子、裝模作樣挑毛病的那些事全都忘掉。

我知道，只要我說「請你們不要再這樣議論了！」傳聞多少就會收斂一點。大家都覺得是我默許這種行為，所以才得寸進尺。對方也是成年人了，看我回應得很爽快，就覺得再放肆一點也沒關係，往軟土裡毫不客氣地深掘。念大學的時候，周遭感覺還比較不好意思多問。在電視上、現實生活中，我都聽過有人說出「被所有人消遣、身在人群中心的團欺位置真令人羨慕啊」這種話，卻一次也沒見過那些人真的紆尊降貴下來成為團欺。不是很令人羨慕嗎？那個，請你們住手好嗎？你們應該知道一般人被這樣說都會覺得不舒服吧？年紀大了之後就連體察別人感受的基本禮貌都變遲鈍了嗎？總該知道每個人都有自己的難處吧，我也是因為對外表感到煩惱才去做臉部整形，明知如此還一直肆無忌憚地拿出來講，這是多麼陰狠的職場霸凌啊。再不立刻停手我就錄音下來檢舉你們職權騷擾。

我想如果像這樣威嚇他們，調侃的情況就會停止了，而且我也知道以我的口才說這種話沒什麼困難，但我的自尊心無法接受。我的自尊心比較特立獨行，要我講大道理爭取自己的地位和權利，那我還寧可被人指指點點。發怒流淚違反我的美學，憤怒散發著回鍋油的氣味，肋骨內側的油鍋彷彿剛炸過兩、三顆甜到燒心的甜甜圈。散落在我伸展臺上的嘔吐物和垃圾我不收拾，偏要從容自得地踩上去走給你們看。不要緊，腳下穿著十公分高的自尊高跟鞋，不會弄髒我的腳。

笑死人。笑死人。感到受傷也無濟於事，不如先笑再說。總之大家看起來這麼開心真是太好了，嘲弄我整容的時候，大家就像被放牧的小山羊群逃出了狹窄的羊圈，在阿爾卑斯山的草原上精神飽滿地跳來跳去那麼開心。能讓職場上的夥伴們露出這麼天真無邪的笑容真是太幸福了——我怎麼可能這麼想。

這畢竟牽涉到隱私，我以為大家會稍微留給我一點空間，但連續幾天所有人都火力全開地開我玩笑，看這趨勢我簡直要成為公司裡的整形吉祥物了。我還以為自己沒那麼脆弱，卻連國中時被同學排擠的創傷都回想起來，睡得不太好。雖然是我自我意識過剩，但總覺得所有人都在盯著我的臉看。工作時一切如常，但每次一進入休息時間，我整形的話題就會被輕鬆隨意地提起，而我發揮不服輸的精神回答各種問題，越答大家聊得越起勁。

即使到了其他人逐漸厭倦的時候，奶媽陷阱和開口笑前輩仍然特別執拗。不過奶媽畢竟是我的情敵嘛，不難理解，最不可思議的是開口笑前輩。她總像週刊記者一樣抓住下班正要回家的我，鉅細靡遺地問我做過哪些整形、為什麼想整。吃午餐的時候她總是興味盎然地盯著我拿下口罩的五官看，卻沒發現我的臉色越來越難看。持續忍耐開口笑前輩內心的黑暗真是太讓人受不了了。

早知道不要跟人家坦白了，但我無論如何都改不掉坦承自己整過形的毛病。高中時醫生給我的診斷病名是青春期症候群以及邊緣型人格，和自殘的時候相比，吐露一切的時候我更清楚地感覺到「邊緣」正在溶解，我還沒有完全痊癒。把手指插進沒流血卻尚未癒合的傷口裡攪拌的感覺，和放棄一切積極等待被顏射的感覺混雜在一起。該說是自暴自棄嗎？在絕望的根底，存在著「只要把自己的一切都傾吐出來，總該有一個人願意理解我、可憐我」的依賴和期待。目標是靠著那一個人一股作氣逆轉形勢，但期待總是大大落空，所有人都被我嚇到倒彈，一個個閃得更遠。就連平常說話的時候，也覺得每個人都在檢查我的眼睛有多不自然。雖然我原本就不打算主動披露自己整過形的事，但以前我一直覺得被發現只要坦然承認就好。現在我深自反省，應該抵死堅稱「我從來沒整過」才對。強大到能夠坦蕩蕩地說「我是整過形啊，怎麼了？」的人肯定只是少數中的少數，而我並不屬於其中之一。

人不可能永遠活著，我想做我喜歡的事。但近幾年我學到，即使隨心所欲地行動，也不一定能得到想要的結果，倒不如說，有時候還可能招致最壞的結局。即使穿上喜歡的衣服、訂製自己喜歡的臉蛋、說自己喜歡的話，也有那麼幾天看起來還是沒有預期中那麼美、周遭也退避三舍，失敗得讓人想大喊「我不是為了沐浴在這麼冰冷的視線之中才為所欲為的」。

客觀眼光真的太難拿捏了。太多會束縛自己，太少結果還是一樣會造成自己的不滿。為什麼呢？要是這世界變成當我絕頂得意的時候周遭群眾也自動歡呼盛讚的系統就好了。

在我煩惱的同時，瀧瀧也和先前一樣苦惱。她的聲音比之前更無精打采，在話筒中喃喃跟我說：

「我可能得憂鬱症了。」

「咦，妳最近睡得還好嗎？」

「睡不好。以前在半夜醒來的時候我都能立刻入睡，但現在一醒過來的瞬間，公司讓我煩惱的事情就會浮現在腦海。我滿腦子想著那些事情，直到天亮都睡不著。」

「妳會割腕嗎？」

「怎麼可能，又不是大學時期的妳。」

「那就好。還是吃個安眠藥睡到早上比較好，不然睡眠不足工作效率也不好吧。」

「我不太敢吃安眠藥，總是擔心吃到後來養成習慣，以後身體不吃藥就睡不著怎麼辦。」

「我每晚都吃，沒怎麼樣呀。」

「妳看，我就是害怕這種每天晚上都吃藥的狀態。」

「要是煩惱到睡不著，不如把工作辭了吧？」

「怎麼可以，要是我這個剛畢業的應屆生進入公司第二年就辭職，周遭都會認為我社會適應不良的。人家都說再怎麼辛苦至少也要在同一間公司待上五年，到時即使要轉職，面試官看到履歷的印象也會比較好。」

比起瀧瀧在乎的旁人目光，我更擔心每一次見面都看起來更單薄、更窄小的瀧瀧自己。

先前我們睽違許久地相約見面，兩人都戴著口罩，還興高采烈地說「這是我們疫情爆發後第一次見面耶」。但回程繞到便利商店，我在櫃檯付錢的時候，瀧瀧突然嚇了一跳，用害怕的眼神看著我。

「莉奈奈，妳沒事吧?!怎麼了?!」

「咦，我只是在付錢啊，用電子支付。」

「什麼嘛，原來是 WAON 啊。」

瀧瀧把 WAON 付款後響起的那聲「汪嗚」誤當成了我的慘叫，當時我切身體會到瀧瀧的狀態確實很糟。

我明白瀧瀧的心情。從大學時代開始，能夠細心察覺周遭人群的反應、顧及所有人的感受，同時讓自己融入該場合一直都是她的特長。這種處世之道理論上在出了社會之後仍然有效，但她為什麼會陷入這麼煩惱的境地？或許就像瀧瀧本人說的，像她這種類型的人得忍耐個五年才能漸漸適應環境，到時他們的才華才會開花結果也不一定。實際上她現在的煩惱也來自於破例升遷，已經看得出未來開花結果之兆的幼芽了。

這次我糊裡糊塗洩漏出自己整過形，或許也是因為還沒完全抹去學生時代的心態，多少殘留著一點天真吧。念大學的時候雖然也有人覺得戴眼罩的我很好笑，但沒有任何人會像抓住弱點那樣藉此攻擊我。那段時間自由、快樂、無拘無束的氛圍，我和瀧瀧都還無法忘懷。我也可以向瀧瀧傾吐自己在職場上變成整形吉祥物的事，但我不太希望別人知道我因為整形被人調侃而心煩。

「但我很擔心瀧瀧妳撐不撐得了五年耶，不會撐到一半壞掉嗎？幫我定期看診的紀美惠醫師說，適應障礙不是因為當事人缺乏配合周遭的能力，反而是因為過度配合周遭，才導致內心陷入疲憊不堪的狀態。所以當事人完全沒做錯什麼，只不過是努力過頭而已。」

「確實有可能是這樣，謝謝妳擔心我。嗯，我會努力不要努力過頭，才不會忍到忍無可忍。」

「哎唷，妳看妳這不是又在努力了嗎，我的意思是不要勉強自己。妳有好好護理頭髮嗎？我有個朋友說她因為憂鬱，沒心思整理頭髮，結果頭髮變得像毛線一樣。」

「這個嘛，我還是有空泡澡啦，雖然覺得很麻煩。」

「還是去醫院看一看吧，說不定醫生會開點什麼藥給妳。」

「我一直過著和醫院、吃藥這些事幾乎無緣的人生，現在必須吃、必須擦的藥越來越多，總覺得沒來由地害怕。公司裡好多那種雙面人，對上級總是百依百順的，對同事和像我這樣的後輩就表現得非常自以為是。該說是覺得可怕嗎？還是說我不想變成那種人。哎，要在競爭社會中生存，是不是一定得學會像那樣翻臉不認人啊。」

「才不是，那種人只是把對上司主管諂媚拍馬屁當成理所當然，所以看到同僚和後輩沒拍自己馬屁就覺得大家沒做到基本禮貌，才會惱羞成怒擺臭架子。」

「咦——後輩就算了，為什麼連同輩都得奉承他啊？」

「當然是因為在那個人眼中，自己在同輩當中就像鶴立雞群一樣是最優秀的那一個啊。」

「咦——我受不了，太可怕了，我應付不來。」

「不用應付呀，也不用學他，把他當作住在其他星球的人撇清關係就好。」

「怎麼可能，我們豈止住在同個星球，還在同一層樓近距離一起工作，連辦公桌都排在隔壁耶？近到我可以肉眼看見那個人馬克杯上印什麼圖案。」

「我懂妳的心情，但除此之外也沒其他辦法了吧？要在社會上好好活下去，凡事都得撇除個人情緒看待才行。」

「莉奈奈，那妳做得到嗎？」

「我做得到，畢竟比起在工作上努力奮鬥，還是靠著一點態度討人歡心比較省事嘛。」

「我要是也能看得這麼開就好了。與其壓力大到把胃搞壞，還不如放輕鬆對身體比較好。」

「不過，我覺得妳做了什麼明眼人都看在眼裡，如果提得起勁的話，還是努力做事比較好吧？除非妳真的覺得太麻煩、絕對不想做事，強烈地希望只領乾薪輕鬆活下去的話，那就是另一回事了。」

「莉奈奈，原來妳有這種心願嗎？」

「該說是心願嗎？不如說是我的信念吧。關於工作，我只考慮能在背地裡偷多少懶，還有能用多輕鬆的方法賺錢。」

只有在頭頭是道地給瀧瀧建議的時候，我自己的煩惱濃霧才會暫時消散。原來如此，以前我一直以為苦惱的時候唯有找人傾訴才是唯一的排解之道，沒想到像個詐欺占卜師那樣自信滿滿地替迷惘的小羔羊提供建言，也能得到反向療癒的效果。

「不過確實就像莉奈奈妳說的一樣，一直鑽牛角尖也沒用。以後再發生什麼不愉快的事，我就把自己當成住在其他星球的人撐過去吧！」

「就是這個氣勢！」

「嗯嗯，我開始打起精神了！」

「有了精神就沒什麼妳做不到的事！」

我下巴微往外凸，幾乎吶喊著這麼說，電話另一頭瀧瀧的呼吸也亢奮起來。

「謝謝妳！我開始覺得一切都會很順利了，所以就先掛啦！拜拜！」

一回神電話已經掛斷，結果「一、二、三、噠——!!」[1]我只好自己一個人喊了。

「我知道這不是別人該指手畫腳的事，不管要不要整形都是個人自由。可是跟那種人相處起來我就是覺得很不自在，明明是同一個人，臉卻天天變來變去的。而且那種人還擺出一副『我哪裡也沒變』的樣子，大剌剌地像平常一樣來上班對吧？某種意義上是在欺騙大眾、欺騙男人來獲取戀愛的機會，很狡猾耶。……小姐自己或許覺得沒差，但跟她互動的人覺得差很多好嗎？」

即使到了公司內大多數人都厭倦了我跑去整形的話題之後，奶媽陷阱還是明裡暗裡地繼續提起這件事。看來她似乎有意將之廣為傳播，心裡懷著「希望這件事也能傳入yummy主任耳中☆」的願望。

「哎山崎，我用美顏相機APP幫妳整了一張臉哦，妳可以整成這樣啊？」

午休時間，當我喝著杯裝的蛤蜊味噌湯時，奶媽陷阱悄悄靠了過來，咯咯笑著把她充滿惡意的手機螢幕秀給我看。

1. 原文「1、2、3、ダー!!」，是日本職業摔角選手安東尼奧豬木的知名臺詞。他會在賽後或大會尾聲高舉一隻手臂喊出這句口號，在摔角迷之外也廣為人知。

那張修過的圖片源自於我以前登在公司內部刊物上的臉部照片，我的中庭被縮短、下巴鬆弛的肌膚被消除，削去顎骨使臉形變得瘦削，鼻尖形狀自然、沒有顯著特徵卻高挺漂亮，嘴角因為修出來的笑容而上揚到切開才可能達到的角度，變得有點像噘起的鴨嘴。水汪汪的大眼睛，搭配眉尾微微下垂的八字眉非常合適，看得出幾分無辜哭哭小黃臉的麗影。

一看到這張相片，我先是嘗到了一次足以致死的屈辱，緊接著麻痺感一點一點滲入衝擊當中，被淚水模糊的照片再一次鮮明地浮現在眼前，我對眼前這張臉一見鍾情。

「太棒了！我很喜歡！」

「啊？」

我絕對要得到這張臉，我會變成這張圖片上的模樣給妳看。

這張臉上充分運用了先前因為規模太大而被我放棄的整形技術，這麼豪華的手術方案，簡直顯得我之前靠著注射、雷射一點一滴填充、削減、燒除、拉緊的過程無比愚蠢。在短時間內接受這所有手術，臉上大概得承受被機車撞飛然後臉部直接撞上電線桿那麼嚴重的損傷，而且即使去借醫療貸款，手術花費的金額我多半也得不分晝夜努力工作好幾年才能清償。但無所謂，我即使丟掉這條命也想擁有這張臉。

幾乎所有部件都要換掉！不過底子是我，所以應該可以實現!!

「這真是我最嚮往的公主臉蛋，可以把這張照片傳給我嗎？我想當作之後的參考。」

「可以是可以，但妳在說什麼？我是在跟妳開玩笑耶。」

奶媽陷阱不太情願地把照片傳了過來，然後迅速遠離了雙眼放光凝視著手機螢幕的我。

下了班搭上電車，奶媽拿給我看的那張理想臉龐仍然像個詛咒一樣在腦海中揮之不去。我在經常光顧的醫美診所那一站下車，恍恍惚惚地被診所所在的那間大樓吸引過去。如果是現在的我，一定可以鼓起勇氣辦到的。

🥺

把我叫到小隔間的yummy主任，用震驚又帶點畏懼的眼神看著我。

「雖說是我自己把妳叫過來的，但這麼近距離看到妳這副模樣，又不知道該說些什麼了。總而言之，我很遺憾。」

「想說什麼都沒關係哦，我也不是出了車禍或是臉朝下滾下樓梯之類的。」

「那我就直接問了，妳那張裹滿繃帶的臉到底出了什麼事？」

「我去整形了。鼻子上做了軟骨移植，還動了勒福氏第一形上顎切骨手術。」

yummy主任「呼……」地嘆了一口氣，把整個身體往椅背上一靠，稍微左右晃了晃椅子。

「這些手術短期內一口氣做完沒問題嗎？」

「好像是隔段時間一次做一種比較好，不過我硬是要求手術醫師讓我一次動完了。」

就連嘴裡都塞著止血用的棉花，我說話的聲音悶悶的，聽不太清楚。我的臉頰和額頭上貼著傷口敷料，上方再用繃帶固定，臉部下半被口罩遮住，只露出一雙眼睛，包不住的頭髮從繃帶縫隙間東翹西翹地露出來。

「為什麼這麼趕時間？一般不是在請到長期休假的時候，才會動這種手術嗎？」

「不好意思，因為我實在很想趕在尾牙之前把我的臉整好。」

「尾牙?!那不怎麼重要吧？」

「因為新冠疫情的關係，很久沒跟大家一起喝酒了嘛，所以我特別期待。」

「這樣啊？不過看起來真的很痛啊，感覺連說話都有困難。」

「是啊，畢竟割了肉、削了骨頭，皮膚也經過拉提縫合。現在我的臉腫得有三倍大。」

「骨頭！削了多少啊？」

「大約小包裝柴魚片五包左右的分量吧。」

可能聽得不太舒服，yummy 主任嘔了一聲。

「妳之前的臉明明就很好了，整形可沒有職災給付可以領哦。」

「我知道，所以還是來上班了。我有在吃止痛藥，工作上沒有任何問題。大概一個月就能度過恢復期，這段時間我不打算請假，會繼續包著繃帶來上班。」

「真拿妳沒辦法。既然這樣，我就跟大家說妳出意外受了重傷吧，看大家一副很想跟山崎妳攀談，卻又不知該怎麼開口的樣子。」

「好的。有外人來訪的時候我會立刻躲好。」

我和 yummy 主任一起走出隔間，辦公室裡所有人的視線瞬間集中到我身上。這樣纏滿繃帶的人直接跑來上班，連口罩也不脫就呼呼地喘著氣辦公，大家一定很想知道究竟怎麼回事，但誰也不敢來探問。我整形的事已是眾所周知的事實，即使 yummy 主任替我撒謊，大家也隱約察覺了真相。這才是真正小心翼翼、諱莫如深的態度。

在月臺上等著搭電車上班的時候，包滿繃帶的我周遭也宛如有一層隱形屏障那樣無人靠近。雖然沒有任何人直接盯著我看，但所有人應該都把我放在視野一隅，腦中警鈴大作吧。確實，只有頭上、臉上一圈圈纏滿繃帶，其他地方都一切正常的話，有點難判斷這個人到底是真的受了傷，還是腦袋有問題。在擠到水洩不通的車廂裡就沒空間讓大家躲著我了，不過有人讓座給我，我於是久違地在通勤時坐到了座位。往窗外望去，玻璃中隱約倒映著我上半臉纏滿繃帶、下半臉戴著口罩，像寄居蟹一樣只露出眼睛的模樣。這副打扮明明比任何人都要顯眼，為什麼我卻覺得彷彿隱藏在人群之中而感到安心呢？

到了公司那一站，我緊緊貼在同站下車的人屁股後面，被人潮推向車門。平常這時候聽到不耐煩的咋舌聲都是家常便飯，但不曉得是不是繃帶的關係，我面前的路被輕易讓了出來，分開人海的我有種成了迷你摩西的感覺。

我又被 yummy 主任叫了過去，太幸運啦。

「山崎，我偶然聽說妳最近被大家嘲弄，還為此非常苦惱，是真的嗎？」

「這個嘛，也不至於真的很苦惱啦，但有人把我的照片拿去修圖之後拿來給我看，還建議我整成這樣如何。那個人就是仁村小姐。」

「那真是太過分了。」

「她可能只是想開個玩笑吧。無論如何我完全沒做錯什麼，但我就是被她說的話刺激到了，才會開始對這張臉展開大改造工程。」

「妳一定被說得很難受吧，真令人同情。仁村也不是什麼壞人，說不定是在其他地方發生了什麼不愉快，才把氣出在山崎妳身上。」

「不曉得耶，我覺得她只是個性很差吧。不過無論如何，我完全沒做錯什麼就是了。」

「好啦，我已經知道山崎妳沒有錯了。只不過妳居然把那種惡作劇當真，還為此傷了自己的臉……」

「主任，偷偷跟你說，我其實一項整形手術都沒動。」

「咦，但妳臉上的繃帶……」

「繃帶底下沒有傷口，這只是為了嚇唬那些調侃我的人。」

yummy 主任先是露出摸不著頭緒的表情，緊接著大笑起來，或許是緊繃的神經一下子鬆懈下來了吧。

「原來是這樣。搞什麼，別嚇我啊。第一次看見妳包成這樣，還以為看到了木乃伊呢。就算是想嚇唬人，這也太有震撼力了。」

「對吧。」

「哈哈，山崎妳這個人真有趣。」

哦？我在少女漫畫上學過，男人說出這句臺詞的時候，就代表攻陷他的機會來了。

「既然有趣，主任下次要不要順便跟我去約會？」

「哈哈，順便什麼啊。」

「下週末，或者這週末也可以，一起去些有趣的地方吧？我想想，可以去主任你推薦的地方。」

「好是好，不過這週末太趕了。」

「這樣啊？已經有什麼安排了嗎？」

「是沒有，不過我也需要一些時間考慮呀，想想看該去哪裡才有趣。」

「哎呀，主任你太認真了啦～不用想得那麼嚴肅，只要能跟主任一起出去，我到哪裡都覺得有趣。」

yummy 主任看我的眼神忽然變柔和了。

「在這層繃帶底下，山崎妳的臉仍然保持著原本的樣子吧？太好了，那我就安心了。」

我以為主任會伸手摸摸我的頭，所以稍微縮了縮脖子待命，不過這種事沒有發生。

🥺

拆開繃帶，底下便露出我毫髮無傷的臉。這當然，畢竟我沒動任何手術也沒打針。繃帶上的血漬和膿液是我拿萬聖節用的彩妝品自己畫的，這種小技巧對於當過歌德蘿莉的我來說稀鬆平常。

奶媽拿理想臉蛋的照片給我看那天，我走進醫美診所所在的大樓準備按電梯的時候，猝不及防地失去了幹勁。為了鼓起幹勁，我拿起手機再看了一次修圖後的自己，卻仍然挑不起期待的心情。要是整了這麼多地方一定痛得要人命，恢復期也很長，而且那段期間就算依靠藥物一定也他媽睡不著，還是算了吧。我取消看診預約，到松本清買了繃帶回家。畫上手術妝之後，為了表現眼睛以外的部分腫得像豬頭的效果，我在貼上附棉墊的ＯＫ繃（大）的時候還刻意把下眼瞼附近的皮膚拉近，讓兩隻眼睛呈現歪曲的形狀。隨著時間一天天過去，繃帶日漸減少的細節也絕不馬虎。為了讓我的聲音聽起來像整張臉腫起來不太能說話，我嘴裡隨時都含著一片化妝棉上班。

自從臉上裹滿繃帶之後，我周遭安靜得令人詫異，愛嘲諷人的臭蟲全都滅絕了。我第一次體驗到旁人真正「退避三舍」的反應。

等到繃帶完全取下，我開始改畫淡淡的瘀青妝和疤痕妝之後，不曉得是不是想贖罪的關係，公司裡那些大姐們開始對我的臉阿諛奉承。

「哎呀——雖然山崎妳本來就很漂亮，但拆下繃帶後是不是又變得更美啦？」

「嗯，我去動了縮中庭的切骨手術。」

「是啊，妳現在變成了超級漂亮的鵝蛋臉，好羨慕哦！」

「我還做了隆鼻，讓鼻梁變得更挺。」

「真的——鼻子又高又挺，看起來時尚又精緻——漂亮到我覺得這張臉已經沒必要再整了耶——」

或許是不想被人認為自己在職場上霸凌後輩，大姐們發出逗貓般討好的聲音，讚美正吃著杯裝炒麵的我。

「山崎，妳該不會真的把我修的那張照片拿去當整形參考了吧？」

聽見奶媽陷阱戰戰兢兢地這麼問，我笑容可掬地回答：

「是啊，雖然沒能脫胎換骨變得那麼美，但我確實是拜託醫師幫我整成那張照片的樣子哦——」

奶媽陷阱尷尬地沉默了，我帶著滿面的笑容靠了過去。

「如果還有什麼不自然的地方，一定要告訴我哦！我會再去整的。」

開口笑前輩特別跑來請我拿下口罩讓她看看臉，她一看驚訝地睜大雙眼說：

「妳也整了臉頰吧？變得好好看哦，兩頰又澎又彈潤！」

「嗯，算是吧。」

其實只是變胖了、又不再打肉毒瘦臉而已——這我實在說不出口。

「能問問妳是在哪間診所做的嗎？我最近因為老了的關係，臉頰凹陷很嚴重。」

一開始還以為開口笑前輩也是出於罪惡感才讚美我，但好像不是這麼回事，她是認真的。

搞什麼，原來這傢伙只是單純對整形感興趣嗎？

「咦，原來年紀大了臉頰會凹陷嗎？我只知道法令紋會變深。」

「會呀——我只要稍微瘦下來一點，臉頰底下就會形成陰影，變得像死神一樣。」

我試圖回想開口笑前輩口罩底下的臉長什麼樣子，但怎麼也想不起來。我從來沒仔細看過別人臉頰下方的情況，但這麼一說，年齡漸長之後下半臉頰瘦下來、肉長到下巴底下去的人好像真的很多。想想總覺得有點悲傷，現在我二十多歲，不喜歡每次稍微胖起來臉頰就跟著長肉，三天兩頭跑去打肉毒，甚至煩惱該不該去動口內取脂手術從臉頰內側把肉切掉；但像開口笑前輩那樣到了快四十歲的時候，反而得往臉頰上補打玻尿酸才行。

美容和老化還真是永無止境啊。這麼一想總覺得幹勁一點一點萎縮下去，一股悵然的感慨像秋天的涼風一樣吹過心中。

「要不要介紹我常去的那間醫美診所給妳？」

「太好了！可是我沒去過那種地方，有點害怕耶，也不知道有沒有辦法馬上找到位置。」

「它就開在車站附近一棟很顯眼的大樓裡面，我想應該不至於難找。不過第一次去醫美診所確實容易緊張呢，要不要我陪妳一起去？」

「咦，可以嗎?!好啊好啊！妳人好好哦，居然願意特地陪我去。」

「我有些微整注射也差不多該打了，而且介紹朋友也有折扣。」

整形好朋友隆重誕生。

🥺

包著繃帶那段期間，我狂吃羅馬生乳包。跟評價說的一樣，它嘗起來只是鮮奶油夾在麵包裡的味道，但真的很好吃，我應該就是想吃麵包夾鮮奶油這麼簡單的點心吧。

再加上臉上一直包著繃帶的安心感從旁鼓譟，我還抱著最喜歡的雪之宿雪餅喀滋喀滋啃個不停，每天要吃掉一整包，最愛吃的手撕起司棒也在晚上配著 highball 調酒撕個沒完，所以比我變成木乃伊之前還胖了五公斤。

為了移除身上的脂肪，我預約了醫美診所的海芙音波體雕，雖然很懶得去，但我又胖了兩公斤，所以還是預約過後乖乖出門。

做完音波，護理師拿起桌上的傳單給面色不佳的我看。

「現在我們有優惠活動，愛力根公司的高品質肉毒桿菌打七折哦。」

護理師這麼推薦道，她的額頭光滑閃亮，弧度像電燈泡一樣完美。

以前我總覺得不能這樣猛盯著人家看而立刻轉開視線，但現在我明白，她反而希望我看，希望有人注意到。因為以前在我的內心深處，也潛藏著同樣的想法。

現在，我曾經灌注在臉上的那些熱情已經消失了。或許是因為我這張根本沒整過的臉，被開口笑前輩讚不絕口地說整得超級成功的關係。發生這種事，理論上我應該能積極戒掉微整形才對，但我內心卻是一片虛無。

「啊——不用了。」

「咦，真的嗎？距離妳上次注射已經有一段時間了哦，最近決定減少維護次數了嗎？」

「嗯，算是吧。」

「這樣啊，不曉得方不方便請問一下原因呢？」

我到這間醫美診所頻繁報到了三年，會被問到這種問題也是沒辦法的事。

我稍微想了想，這麼回答：

「因為打針很痛。」

自從取下繃帶之後，一切都進展得非常順利，我心中卻不知為何籠罩著一層陰霾。按常理說，我應該拍手大笑才對，到底為什麼呢？難以言喻的憂鬱盤踞在心裡，我一直跑到附近的麵包店狂買法式奶油酥餅來吃。

傍晚下班回家，我走在大街上，透過陌生高樓大廈的玻璃窗看見豪華水晶吊燈，它綻放出閃亮耀眼的光輝，緊緊抓住我的眼球。就好像大樓耳朵上戴著耳墜一樣，帶來派對的預感。

我總忍不住覺得，當時整張臉纏滿繃帶的那副模樣是最適合我的打扮。那是長大之後第一次，我覺得自己再次成為了戴眼罩的米妮。下班後搭上傍晚的電車，風從預防疫情傳播而打開的車窗縫隙間吹進車廂，我沐浴在風中用裹滿繃帶的臉望著窗外景象的瞬間，已經開始令我懷念。

多想在人潮之中，再一次品味那種比誰都要醒目，身分卻比誰都難以揣測的安心感。

神田多

神田夕

我把沒有客人上門、一直呆站在原位的時段稱作收「站立費」的時間，好撐過腳麻的感覺。為了向自己強調光站著就有打工費能領，一感到疲累我就會這麼自我催眠，但這招的效果越來越薄弱，內心再一次開始醞釀起辭職的念頭。先是背脊不堪重負地彎曲，接著負擔轉移到膝蓋。有些店家會在收銀臺內側放上簡陋的圓椅子，空閒時可以坐在那裡發呆聽著店裡的背景音樂打發時間，但這一次我在立食壽司店打工，或許是覺得客人都站著吃了店員沒道理坐下，整間店裡沒有設置半張供店員使用的椅子，包含我在內的所有店員無論何時都得站著。平日晚上過了九點之後，可能沒人有那個力氣站著吃壽司了吧，我們這裡的客人會急遽減少。

那天晚上也一樣，人潮開始從我們的立食壽司區消失，換成占據同一家店鋪右半邊的酒吧區生意逐漸興隆。我們這家餐廳的經營形態比較獨特，把整個店面分成左右兩邊，分別經營立食壽司和酒吧。下班回家的客人們排排坐在吧檯邊，互相敬著酒。客流量不少，不過酒吧區的店員足以應付，不至於要我們這些立食壽司區的過去幫忙。

沒錯，這個時段根本沒人想站著。白天酒吧區門可羅雀，反而是立食壽司區生意繁忙，店裡幾乎沒有任何時段空著乏人問津，從這點上來說，這種經營形態目前確實很成功。我們這家餐廳的母公司是思風土集團，公司除了這家店以外還在上野這一帶開了其他餐廳和居酒屋，每一間提供的都是海鮮料理。食物、飲料本身沒有太大的變化，不過客人可以隨著用途和情境挑選不同形態的餐廳，因此目前每家店都頗受歡迎。

「啊，剛走過去的那個人好像是神田。」

和我一起站在收銀臺邊的谷口指著大片玻璃窗外側，發出興奮的聲音。循著指尖看去，三名男子正從我們餐廳前面的街道走過。

「我聽居酒屋店那邊的人說，最近神田會去他們那邊光顧，原來是真的。我常常看他的 YouTube 頻道耶。」

他們似乎剛從距離這裡一百公尺左右的居酒屋店出來，一定正準備往車站走吧。三個人都喝了酒，腳步輕飄飄的，面紅耳赤，看起來十分歡快。

「原來谷口妳會看 YouTube 呀，有點意想不到耶。」

「咦，我很愛看哦。呆呆妹妳不感興趣嗎？」

「這個嘛，我沒什麼特別常看的頻道。神田的頻道很有趣嗎？」

「嗯——他的影片雖然很蠢，但通勤之類的零碎時間看了會忍不住會心一笑，讓人心情很好。還有神田也長得滿帥的！好好哦，我也想接待他～！他能不能也來壽司這邊光顧一下啊？」

思風土集團旗下系列餐廳的店員，會根據當天的客流量多寡調度到其他餐廳幫忙，因此我們和同集團其他餐廳的店員也很熟。大家也會彼此分享客人的情報，偶爾一有知名人物來店，消息一下子就會在店員之間傳播開來。

雖然對谷口那樣說了，但其實我也常看 YouTube。回到家，我打開 YouTube 搜尋「神田」，可能他的頻道還算熱門，一下就搜到了。從縮圖上的人臉，我看出走過我們店門口的那三人當中，走在中間那個高個子、骨架粗壯的男生就是神田，他頭上戴著辨識度很高的髮帶。

看了他幾部影片之後我逐漸瞭解，神田這個 YouTuber 總是挑戰吃辣、跟電車賽跑這種無聊小事，他會拚命嘗試好幾次，到了實在無計可施、感覺必輸無疑的時候，他總會吶喊「好戲現在才要開始！」，這好像是他的招牌哏。每次他這麼喊，負責幫他掌鏡的朋友永瀨 P 都會從旁吐槽：「不是啦神田老兄，已經沒戲唱啦（笑）。」這是他每部影片慣例的笑點了。我一開始覺得這哏很冷，但看了幾次之後越看越好笑。神田想出的那些企劃雖然無聊透頂，但他總是拚命努力嘗試，讓人看了忍不住想替他加油。不知不覺間，我不只在通勤途中看神田的影片，連下班回家或假日的時間也看。很多人說他外型還不錯，似乎有不少粉絲是為了看臉而來，不過我對外表不太感興趣，單純是受到他拚命三郎的特質吸引。

總是用深藍色髮帶往後梳的野性偏長劉海，這造型是他的註冊商標。有人問他，這是在模仿年輕時的府川亮嗎？神田回答：「我不會去模仿任何人，這個是～吸汗用的！我很容易流汗。」五官則是非常傻氣的下垂眼、散亂眉，加上邋遢的大嘴巴，但仔～細一看，或許還真有點帥。乍看一副粗魯樣，感覺畫圖應該醜到會被戲稱為「靈魂畫手」的等級，他卻意外地有繪畫天分。影片結尾總會放上由觀眾投稿出題的肖像畫，或是動畫風格的風景畫，每一幅都精準掌握了作畫對象的特徵，許多都令人會心一笑。我從以前便常看業餘 YouTuber 的影片，居然到現在才知道神田的存在，實在相當扼腕。

我在網路上查了查大眾對神田的評價，結果發現人家都批評他是個追蹤數停滯不漲、企劃也沒啥意思的雜魚 YouTuber。才不是這樣，也有人很愛看他的影片好嗎！一氣之下，我訂閱了神田的頻道，還寫了把他捧上天的評論——到這個時候，我已經成為他不折不扣的粉絲了。

「大家好，我是今天開始到這裡打工的石之鉢紗永惠。可以的話，希望大家叫我『呆呆妹』。」

上工第一天，我這麼自我介紹。大家一陣哄笑，比我小五歲的「前輩」不用敬語，直接對我說：

「是可以啦，但為什麼叫呆呆妹啊？」

「之前工作的地方大家都這麼叫我，我也滿喜歡這個綽號的。」

「確實很適合妳耶，妳說話語調悠悠哉哉的，聽起來很療癒。妳之前在麵包店工作吧，為什麼辭職呀？」

包含大學在學時期，我已經換過十個以上不同的打工職場，不過履歷上只寫了上上次的蛋糕店，以及上一次的麵包店。之前我遇過許多次履歷表內容被洩漏給職場同事的情況，所以不會把對自己不利的事寫上去。

「這說起來有點難為情，是因為我吃太多賣剩的麵包，結果變胖了。還有早上必須起得很早，所以每天都想睡覺。我在那邊做了很久，不太好意思辭職，不過最後還是決定換工作了。」

「前輩」晃著肩膀笑了起來。

「吃麵包確實容易胖呢，要是繼續在那邊做下去，呆呆妹說不定就變成胖胖妹了。在這方面，我們店裡賣的都是海鮮，所以員工餐也比較健康，多少應該能讓妳變瘦哦。」

我的處世之道是這樣的：進入充滿陌生面孔的新職場時，我會刻意裝出好欺負的樣子避免樹敵。

像棉花糖一樣白的肌膚、剪著蘑菇頭，戴著白框眼鏡，微胖，被大家稱為呆呆妹——這是我設定的人物特徵。臉長得像椰菜娃娃[2]，細軟的頭髮帶有自然鬈，染成淺色並燙出內彎的弧度。

我在繁忙時段氣氛容易劍拔弩張的時候也從不改變態度，扮演開心果的角色隨時淨化職場上的空氣，一直都享有療癒系打工妹的盛名。只是說話速度放得比較慢而已，為什麼大家聽了總會感到安心呢？明明有時候在我說話的期間，大腦正同時以迅雷不及掩耳的速度在運轉。

這種性格塑造太做作，或許容易被辣妹型的女生討厭。不過我會讓對方明白我們同為女生，我不是她的敵人。再加上我二十九歲，在工讀

2. Cabbage Patch Kids，美國玩具公司科萊科（Coleco Industries）於一九八〇年代生產的系列娃娃。

生當中幾乎都是最年長的那一個，因此儘管有人在態度上隱約表現得輕蔑，也從來沒有人會展現出明顯的敵意攻擊我。

我之前輾轉做過不少餐飲類打工，現在這間立食壽司店還算不錯。周遭最常說我適合的是麵包店，但麵包店有時候看班表必須天剛亮就上工，還有員工人數少，複雜的人際關係令我疲憊，最後做不久便辭掉了。這間立食壽司店無論員工或客人都來去得很快，因為是熱門餐廳的關係，店裡一直很熱鬧，最重要的是客人喝了酒都在興頭上，只要面帶開朗笑容接客，他們總是心情大好。店長之前也肯定我說「呆呆妹是我們這家餐廳的開心果」，雖然才在這裡工作半年，我已經算是招牌服務生那樣的存在了。可是，他們自以為親暱、熟不拘禮地對我說過的那些話，全都令我生厭。

我認為自己還滿適合在餐飲業打工，不過工作中途突然感到麻煩、人際關係開始複雜起來的時候，我往往會毫不猶豫地辭掉工作，想換個全新的環境轉換心情，重新來過。看見我從不犯錯、不遲到，身邊同事逐漸沉不住氣，那種日漸累積的焦躁感也是我辭職的原因之一，有時候則是因為再也受不了店長蠻橫的作風。無論如何，在店裡建立起來的人際關係不論我和和氣氣地辭掉工作、還是起了糾紛不歡而散，一旦走入都市繁忙的人群當中也一下子就斷了線。即使是交情相對較好的同事，在其中一方辭職之後也再也不會見到面。不斷重複著這樣虛幻縹緲、錯過不再的緣分，等找到賴以維生的工作，再隨便賺點還過得去的薪水，這種隨波逐流的生活方式正好適合我。

可是在某些夜晚，回到獨自居住的屋子，我也會寂寞得陷入憂鬱，心情低迷。我想找個朋友說話，把對方當陪聊對象消費，但我疏於維繫交友關係，也沒有能夠輕鬆閒聊的對象。這種時候，我會在電視上一部接一部播放業餘 YouTuber 的影片。明星藝人的距離太過遙遠，我喜歡看那種坐在和我相差無幾的狹小房間、獨自一人對著螢幕開朗地說個不停的影片，直播時當我在聊天室發言，對方會立刻有所反應。他們渴望觀眾、渴望滿足自我表現欲，但他們的神情中卻透露出面對陌生群眾時獨有的警戒與不安，在強烈照明下過曝的畫面裡一覽無遺。我愛看這種表情。當我在觀眾尚且不多的頻道成為固定觀眾，或鼓勵或批評那些直播主，看出對方被我或熱情或冷淡的評語玩弄於股掌之間的時候，甚至能夠滿足我的支配欲。

自從休閒設施和購物中心都因為新冠疫情的關係暫時歇業以後，我把待在家裡的絕大多數時間都拿來看神田的影片。因為那一天，從我眼前走過的神田本人張開大嘴、和夥伴一同歡笑的模樣，看起來實在很快樂。即使不知道他是個小有名氣的網紅，這個人也渾身散發著某種引人注目的開朗氛圍。好想跟他說句話，好想跟他一起喝酒——神田就是有這種吸引人的氣場，因而通過了我的某種審核標準。

那天看見神田走過店門口而歡天喜地的谷口，在政府為了控制新冠疫情而發表緊急事態宣言，我們被告知餐廳營業時間縮短、打工時數隨之減少的隔天便辭職了。正常來說我也會在同樣的時間點辭職，但由於「還想再親眼見到神田本人」的想法不斷膨脹，最後還是留了下來。坦白講，其實我想轉到據說神田經常出沒的居酒屋那邊任職，但重新應徵同一間母公司旗下的系列餐廳實在太引人注目，有很高的機率不會被錄用。

餐廳營業時間變短，客人也稀稀落落。無論在店裡還是在假日，在工作休息空檔還是在通勤路上，我一打開手機，第一件事便是檢查神田的動向。神田算是很早入行的YouTuber，大約從六年前就開始發布影片，因此過去影片的數量也相當龐大。我往回一部接著一部看，逐漸湧起一股濃濃的親切感，他的一部分思考方式讓我頗有共鳴，廢廢的一面也蠢得可愛，我也喜歡上了神田豪爽的「答哈哈」笑聲。我寫下了許多讚美他的評論，不過考量到太吹捧他對他來說不是好事，所以也寫過比較嚴厲的評語。

『最近的影片沒什麼新鮮感了，看來看去都差不多……😵一直都只跟其他創作者合作也很沒意思。只不過稍微有了一點人氣就得意忘形，太讓人失望了。我本來還很支持你，但看到這樣根本沒心情追蹤。我看你還有挽回的餘地，假如你之後肯認真面對這份工作，我再考慮繼續追吧。』

考慮到只寫在評論欄有可能被埋沒在眾多評論當中，我為了神田好，替他列出了缺失和有待改善的地方，順便附上我自己擬定的企劃，一共寫了超過十張信紙，還貼上超出郵資的郵票寄到他的事務所。我千辛萬苦才寄出這封信，結果只收到統一格式的致謝明信片，只有收件人的部分留白，空欄處以手寫筆跡填上了我的姓名與地址，但這怎麼看都不像神田的字，而是工作人員填寫的。假如神田紅透半邊天，忙到不可開交的話，這種回應也很合理，問題是他看起來沒多紅，感覺也沒多少工作邀約，這樣對待熱情的粉絲不太對吧。

從那時開始，我的內心便萌生了疑問：神田該不會根本沒多少名氣就自命不凡，稍微被人吹捧兩句就得意地把鼻子像天狗一樣翹得老高吧？即便如此，我心裡還是有著單純想相信他的心情，因此在他上傳影片的當天，我一定會在評論欄寫上替他加油的訊息或感謝他製作影片。我的訊息被神田按過幾次愛心，但一次也沒收到過他的文字回覆。當他開直播的時候，我在兩小時長的直播時間內發了一百多則訊息，那次他回答了其中幾個問題，我便滿足了。我留言過好幾次說希望他們舉辦粉絲交流會，但因為新冠疫情的關係，就算好不容易發表了活動預定日期，也因為確診人數增加而中途取消，艱難的時期仍在繼續。

聽見神田在影片中輕描淡寫地說「為了開發新粉絲，我也去辦個ＩＧ好了～」的時候，我臉色大變，立刻打字留言：

『我堅決反對神田經營ＩＧ，風格也差太多了吧（笑）。神田！你難道就沒有一點身為YouTuber的自尊嗎？只把自己人生閃亮耀眼的部分剪裁下來排列在ＩＧ上的人，不就像是戒不掉在鏡子前面自慰一樣嗎？你不適合那種閃亮亮的世界😡』

然而神田把我的忠告當作耳邊風，除了原本經營的YouTube和推特之外，也開始經營起了ＩＧ和TikTok這些容易上手的社群媒體。剛開始觀看數順利攀升，也吸收了一些跟風粉，但隨著知名度上升，黑粉也越來越多。神田這種個性容易被黑粉盯上，是他們眼中絕佳的獵物。

最致命的是神田在大雨中從河裡救起來一隻小狗，還把照片上傳到ＩＧ的那次。他救了小狗是事實，但那是他一位ＩＧ網紅朋友的狗，都是因為那個朋友在下大雨的日子還跟神田出門遛狗，才害得小狗差點溺死。朋友那邊也是在意想不到的情況下被人發現了這個事實，但神田原本被視為搏命把小狗從氾濫河川中救起的英雄，獲得了許多盛讚，在局勢逆轉之後便開始遭到網民猛烈抨擊。都是因為你們自己不小心才害小狗差點溺死，還好意思當拯救小狗的英雄！愛狗人士們大發雷霆。

你看，我就說吧——我看著神田ＩＧ底下吵得熱火朝天的評論欄喃喃說。土裡土氣的親切感才是神田的魅力所在，這種人把照片上傳到ＩＧ根本沒有任何好處。你就是因為不聽我的忠告才會變成這樣，在這種名氣還在成長當中的節骨眼上招惹到一堆黑粉，你會就這樣從網紅圈銷聲匿跡的哦？不過想到這對神田來說是一帖良藥，我也就把眼淚往肚裡吞，在上頭寫了許多黑特評論。

看見措辭特別惡毒的留言，我心裡便油然生出一股對抗心態，自己也想寫得更多、更引人注目。當我打上經過百般推敲的辛辣評論，按下發布的時候，我感覺到血液在亢奮之中嘩地流遍全身上下、特別是腦部的毛細血管。這和匿名討論板那些背地裡的批評謾罵不一樣，在本人或許看得見、應該說肯定一直在關注著的地方光明正大地寫下批判言論，真的令人興奮……不，我是說，很需要勇氣。

神田多

銀座、六本木、表參道，就連澀谷也失去活力，遵照政府頒布的緊急事態宣言，一到傍晚幾乎所有店家全數關門，街上杳無人煙一片死寂。但我工作的上野一帶卻對新冠疫情視若無睹，明明附近的大型醫院爆發了大規模群聚感染，居酒屋卻還光明正大地照常營業。我猜那些有著死忠客群的居酒屋，多半每間都還是毫無限制地持續提供著酒類飲品。面對這座曾在戰後撐過種種難關的城市堪稱勇猛頑強的「新冠肺炎？啥流行？關我屁事」的氛圍，我在傻眼的同時也感到恐懼。就連新冠疫情這場席捲全球的嚴重恐慌，也無法勝過道地的「上野性格」。客人也明知故犯，隔著大片玻璃窗從外面往裡頭看，一眼就能看出居酒屋連日客滿的盛況，就像在挑釁呼籲民眾自主減少外出的政府一樣。

我們餐廳一方面是因為才剛進駐這裡不久的關係，剛開始還遵守著縮短營業時間的規範。因為考量到我們店裡放著爵士之類的音樂，目標是愛好新潮時尚的年輕客群，還是決定乖乖遵守防疫規定。

然而，隨著新冠疫情逐漸拖長，老闆開始不安於現況，不願眼巴巴地看著客人從那些暫停營業的餐飲店流向我們左鄰右舍的店家。我們餐廳的酒吧區雖然在菜單上新增了一頁無酒精飲品，但假如客人點了含酒精飲品，我們也開始私下偷偷提供，氣氛簡直就像在戰後的黑市裡賣私釀酒一樣。要不是心裡懷著說不定還能再見到神田的希望，我應該早就辭掉這種偷雞摸狗的工作了。

儘管從政府那裡領取了協力補助金，老闆看到明顯暴跌的營業額還是急得發慌，開始命令我們這些店員週末白天站在店門口積極攬客。上面判斷偷偷提供酒類已經無法生存，於是終於拿了餐廳原有的一塊木板，用極粗的麥克筆寫上「歡迎白天飲酒」的字樣，緊急擺到店門口。新冠疫情之前，我們都是在傍晚或晚上才會攬客，但現在由於白天來喝酒的客人增加，餐廳門口這條街的生態也有所改變，白天的人潮比晚上更多。

「我們才剛開店不久，店裡的空氣還很乾淨哦！」

這到底是哪門子的攬客話術啊。但前輩命令我們開店營業後三小時內都這麼說，實際上也有客人覺得「那就安全了」便興匆匆地走進店裡，看得我目瞪口呆。也就是說，這是我們餐廳獨創的防疫宣傳語。我們確實用塑膠簾子擋住了小小的店內空間，換氣也算做得不錯，但環境上和坐在路邊喝酒幾乎沒什麼差別，當然沒有人知道是否能真正安心。現在愛酒人士不能在夜裡一間間走訪酒吧，他們轉而在白天喝酒，沐浴在陽光底下豪爽地乾杯。

「歡迎光臨——」

聽著彼此的「歡迎光臨」，我和同事小田原念「歡迎光臨」的語調越來越接近。時間是傍晚，店裡剩下一個客人，我和小田原一起在店裡罰站，但等到最後一位也離開之後不再有客人來，我便先去休息了。

我坐到休息室的鐵管椅上，漫不經心地看了看神田的推特，不禁懷疑自己的眼睛。

『正在店裡跟夥伴們一起喝酒。很久沒來了，好不容易等到酒類解禁，可以喝個痛快囉🙂』

貼文附上了照片，照片中神田的手比著「耶」的手勢，裝著開胃小菜帕瑪森起司吻仔魚的這個盤子……是跟我們餐廳同系列的義式海鮮居酒屋！

緊急事態宣言、重點防疫措施的期間他完全沒來過，等到現在警戒一解除、營業時間也放寬的時候馬上就跑來，也太好懂了。

「啊，呆呆妹，妳聽我說。之前那個死奧客又來了，我們店裡明明都是自助式服務，他還故意跑來叫我幫他倒醬油、幫他泡茶，氣死我了。」

一走進店面，小田原馬上跟我搭話。小田原是現在很少見的小麥色辣妹，她已經對我徹底敞開了內心。

「唔咦～他為什麼要做出那種要求，好恐怖哦～……」

「真的是死奧客欸。他自己明明知道那些事不該叫我做，還故意要求一堆，就是來找碴的。啊——真是氣死人了！」

小田原用腳尖踢了腳邊黃色的空啤酒箱一腳，響起「砰」一聲。

「我都照做了，結果過沒多久他又跑來跟我搭話。『小姐，妳最近是去過海邊哦？』我這可是去日曬沙龍仔細曬出來的。呆呆妹，這種時候我就很羨慕妳，都不會被盯上。哪像我還被店長討厭了，剛才還被念說每次打工下班男友來接我的時候機車停在後門太擋路。」

「因為小田原妳可愛又引人注目嘛，被奇怪的人纏上真的很辛苦耶。機車的事情也是，妳只是跟男朋友感情好而已，沒有做錯什麼呀，也沒有違反我們店裡的員工守則，就讓他繼續來接妳吧。」

「嗚——謝謝妳，也只有呆呆妹才願意對我這麼說，我心情好一點了。」

「那個呀，我有件事情，不知道能不能拜託妳……」

我壓低聲音。

「我有個朋友今天在居酒屋那邊輪班，剛才傳LINE跟我說她家養的狗狗好像情況不太對，她想偷偷回家看看牠。可是居酒屋那邊生意很好，所以說希望我去幫她代班，我可以過去嗎？」

「咦，那不得了耶，狗狗情況不太對是怎麼回事啊？」

「她說是從鏡頭看到牠在嘔吐。不在家的時候她會打開家裡的寵物攝影機，隨時確認狗狗是不是平安。平常狗狗都很有精神的，今天卻一直蹲在原地不動，所以她才很擔心。」

「看到這樣一定很擔心吧，我們這邊沒問題，妳就去吧。要是領班問起妳，我就隨便回答一下。」

「不好意思，謝謝妳耶。那我去去就回來。」

一走出立食壽司店，我馬上全速趕往同系列的那間義式海鮮居酒屋。集團旗下每間餐廳的員工都同樣穿著印有大大的「思風土」字樣的圍裙，所以不必換衣服。

「大家辛苦了——我是來幫忙的。」

我從義式海鮮居酒屋的員工入口進到廚房，正在忙碌的員工們紛紛一臉「嗯？」的表情看向我。

「呆呆妹，妳過來有什麼事嗎？我們今天沒請立食壽司店幫忙耶。」

「現在我們那邊客人很少，距離酒吧區的尖峰時段也還早，所以領班叫我到居酒屋幫忙～」

「啊，原來是這樣，這邊客人確實越來越多，幫大忙了。」

「沒問題～那我到座位區忙哦——」

我環顧店內，在雲集的客人當中沒看見神田，一時絕望地想，看來那要不是假情報，就是他已經回去了。這時我突然想到另一種可能。

一定是在包廂！

我一把抓起水壺，走到一段距離外地板架高的包廂，看見鞋櫃裡放著三雙鞋子。一想到這其中說不定有一雙是神田的鞋子，我的心跳就開始加速。

走進包廂之前，我偷偷往裡面瞄了一眼。

他在！他在!!

笑著坐在那裡!!!

嗚哇——是本人，神田笑起來時眼角浮現的皺紋，和影片裡一模一樣。

「歡迎光臨！請問還需要加點嗎？」

「啊，服務生，我要再追加一杯特大杯薑黃沙瓦！」

或許是已經喝了不少酒，神田整張臉呈現珊瑚粉色，衝著我微笑點單。在這喝什麼酒啊笨——蛋！我才不要幫你端酒過來咧！高興到忍不住想找他碴的情緒急速爆發，但我還是拚命忍住了。網路不同於現實，初次見面我還想顧一下形象。

「好的，稍後為您送來～」

接著他們又點了幾道餐點，我心花怒放地走出包廂，正好端來生魚片拼盤的同事帶著驚訝的表情看向我。

「咦，這間包廂換成妳負責啦？」

「是的，都交給我沒問題哦。」

「這樣啊？是叫我去座位區的意思嗎……」

我端來特大啤酒杯裝的薑黃沙瓦，畢恭畢敬地送到神田面前，原本還想說萬一他輕佻地說我長得好可愛、問我要不要一起喝酒怎麼辦，但神田只跟我說了句：「謝謝！」

「評論區抨擊的聲浪還是很大。念力丸那件事好像登上了網路新聞，又增加了新的黑粉。」

正當我把他們點的料理一一排列在桌面上的時候，坐在神田右手邊、負責攝影的永瀨P滑著手機，嘆了口氣這麼說。我嚇了一大跳，差點把收拾到一半的盤子掉到地上。他們在討論之前那個拯救小狗的ＩＧ事件！念力丸就是那隻差點溺死的小狗，飼養念力丸的那個ＩＧ網紅被網民罵到一蹶不振，已經刪除了帳號。

「要是再不抓住好不容易到來的成名機會，我們就只能淪為失敗者，真的需要想想對策了。這對神田和我來說可是關鍵時刻啊。」

「這種時候應該說『好戲現在才要開始！』才對吧！你怎麼可以忘記我的招牌哏啊。」

一手端著我交給他的特大啤酒杯裝沙瓦，神田哈哈笑了起來。

儘管永瀨Ｐ用的是半開玩笑的語氣，但也感覺得出他是認真想討論這件事，神田卻完全不在意。從近距離看神田本人的臉，鼻子比我想的更大更高挺，我最喜歡他瞳仁偏大的眼睛和厚實的雙眼皮，跟我國中時喜歡的體育老師有幾分相像。

「嗯？」

或許是發現我看他看得太久，神田朝我抬起醉眼，疑惑地偏了偏頭。我分明可以坦白跟他說「其實我是你的粉絲」的，但只是稍微對上他的視線，我戴著口罩的下半臉就沸騰般地發起熱來，明明塗過防霧劑的眼鏡一瞬間起了大霧。不行，今天太突然了，我還沒做好心理準備。我想等到好好打扮過、做好萬全準備，狀態更好的時候再正式跟他見面。

今天還不行。

「請慢用。」

我用特別可愛的聲音說完，按照規定流程稍微低了低頭，便立刻出了包廂。這麼難得的機會卻完全沒跟神田說到話固然令我懊悔，但說不定還有機會，而且拉門半開著，只要站在包廂前面就能偷聽到他們說話。

參與這次聚會的是神田、永瀨P、永瀨P的妹妹，後面那兩位也會在神田的影片當中登場，所以我很熟悉。那對兄妹或許很餓了，我一把盤子端上桌，他們便立刻伸出筷子去夾，大口大口吃著螃蟹奶油可樂餅、凱薩沙拉和西班牙橄欖油蒜香章魚。

「真的拜託你啦，我們本來就已經很容易被攻擊了。」

「可是影片有兩萬個以上的讚耶？」

「所以我就說了，是影片底下的評論區在炎上啦。」

「我沒在看評論耶。」

咦，沒看?!我差點把懷裡的托盤掉在地上。

「咦，你沒在看?!你難道就不好奇觀眾對你的影片有什麼想法嗎？」

「我無所謂。你們不是會幫我看嗎？那就好啦。」

「你太不在乎別人對自己的評價了。」

永瀨Ｐ的妹妹喃喃說道。她在室內仍然穿著偏大的黑色牛仔外套，散發著一股陰鬱的氣息。

「哎呀別生氣嘛，我也不是因為嫌麻煩所以懶得看，而是擔心被個別觀眾的意見影響到，那個什麼、我自己拍片的創意？萬一因此減少就沒意思了，所以才刻意不去看的。但你們的意見我都會聽進去，所以你們也可以綜合一下那個什麼評論區上面的意見，好好嚴厲地指導我吧？我會盡我所能努力進步的啦——」

「說得還真隨便——你就是這樣才會被黑粉逮到機會落井下石。」

永瀨P這麼回應道，語氣聽起來已經不生氣了。他和神田好像是國小就認識的兒時玩伴，我喜歡看他們輕鬆談話、感情很好的樣子。

只不過我真是太震驚了，神田本人不看評論，也就表示愛心只是其中一個工作人員隨便按的？我為了在影片發布時搶第一個留言總是一直檢查智慧型手機，影片本身也反覆看了好多次幫他衝播放數，絞盡腦汁搜索枯腸地想著留言該寫什麼才好，如果他沒在看的話那我犧牲的這些時間到底算什麼?!我還以為神田早就記住我的名字了。

「但這樣下去風波只會越演越烈，總之還是先發個道歉文吧，只是走個形式也好。比方說『很抱歉造成大家觀感不佳，我深自反省』之類的。」

「咦——那不是很奇怪嗎？我到底要跟誰道歉？YouTube上的影片、IG上的照片都像天上的星星一樣多，看我不順眼的話不要看就好啦。」

「神田，現在這個時代『不爽不要看』是禁句啊。」

「我救了念力丸，有什麼必要跟別人道歉啊？而且道歉的對象是誰啊？只要畢恭畢敬地寫一篇『我在反省了——』的文章，即使不是我發自內心想說的話，就代表我已經在反省了嗎？太蠢啦，我們又不是活在智慧型手機裡面。」

我本來就猜到了，神田是吃飯咀嚼很大聲的那種人。在他說話期間，一直聽見喀滋、喀滋、喀滋喀滋，吃著什麼東西的咀嚼聲。

「我雖然不喜歡當面看著別人的臉色生活，但更討厭仰仗著按讚那個大拇指旁邊的數字生活。難得 YouTube 都取消顯示倒讚數了，你們還怕什麼？大家雖然用『炎上』這種輕描淡寫的詞一語帶過，但那種行為不就是新形態的言論審查，是多數派的霸凌啊。」

第一次現場聽見神田本人的意見，讓我臉頰發熱。他一定也沒想到現實中也會有網路上的黑粉在偷聽他說話吧，但聽見他用中氣十足的聲音說出自己的主張，我不由得感到難受。我雖然寫過許多苛刻的留言，但我是你的粉絲，不是黑粉！我心中滿是想這麼大喊的心情。

「神田說的確實也有道理，我也越看越生氣了。那不然，我們乾脆把那些口無遮攔的傢伙全部一起告上法院吧？我們也收過一大堆妨害名譽，甚至帶有恐嚇意味的評論和訊息，要是打官司的話絕對能贏。勝訴之後這件事登上新聞也能引發話題，網民對你的中傷應該就會平息了。」

「不用啦，告上法院什麼的，我沒想過要做那種事。」

「搞什麼，怎麼一講到提告你就怕了？」

「該說是怕嗎？怎麼說，我覺得那種酸言酸語還是不要理會最好。舉個例子，布希總統不是被很多人討厭嗎？」

「嗄？布希？你也扯太遠了吧。」

永瀨P的妹妹不滿地說。

「被討厭成那樣的總統到現在還是很罕見吧，但那傢伙真的臉皮很厚很堅強。我還在念書的時候，在電視新聞上看到不曉得哪個國家的反布希遊行，遊行民眾把貼著布希大頭照的稻草人放火燒掉，還撕掉布希的海報。但同一時間，布希正在跟朋友們開心地打高爾夫球。當時我就深有所感地想，詛咒是殺不死人的啊。所以不管別人背地裡說我什麼，我都不會在意。」

神田醉意上頭，興高采烈又有點口齒不清地繼續說下去。

「還有，我也很佩服上了月球的 ZOZO 前社長。」

「咦，前澤社長登上月球了嗎？不是太空之旅？」

「啊，這次是太空嗎？下次才是月球啊。前澤的最終目標是登陸月球……咦我記錯了嗎？總而言之，他的野心規模之大真讓我五體投地。上太空什麼的不是很可怕嗎？一般人越有錢就會變得越保守，那傢伙卻賭上性命挑戰新鮮事物，不簡單啊。聽說拍攝《鐵達尼號》的導演也獨自潛入過深海，事業上業績超乎常人的男人，挑戰的規模也超乎常人，他們單純為了興趣、為了像小孩子一樣的夢想賭上性命。那些雞毛蒜皮的小事我不在乎，人生中我只走我自己的路。你們看好了，以後我也會成為那種男人的。」

「連播放數都停滯不前的 YouTuber 說什麼大話。」

永瀨P的妹妹嘟囔道，神田忿忿不平地說：

「啊——妳瞧不起我是吧，但我絕對會實現的。講到絕對實現，最近就是小室圭[3]了。全日本都在批評他、嫌棄他，但他本人卻穿著胸口隱約露出達斯·維達插圖的衣服來到機場，從容不迫地飛往美國了吧？我很喜歡那種作風。有農家願意讓沒長耳朵的番茄聽莫札特，試圖把它們種得更甜；也有人像小室圭那樣，即使長了耳朵也把批評當耳邊風，帶著公主遠走高飛。喜歡哪一種人見仁見智，但我絕對更偏向小室圭那種。」

「這話你絕對不要在 YouTube 上說喔，會大炎上的。」

「嗯。哎呀——我不會在影片裡說這些啦。」

「神田你沒有因此受到精神傷害確實讓我放心，但這是現實問題，我們要是繼續放任那些惡意評論，真的會被黑粉扯著後腿往下沉的。要不要挑出那些特別過分的帳號，看要警告還是封鎖他們？」

「那種帳號多得是，也封鎖不完吧。」

「不至於，我們已經掌握了特別囂張的那幾個，像是暱稱叫蘑菇什麼的那個帳號。」

我的心臟猛地跳了一下，說的是我！至少永瀨P認得我！原來我這麼有影響力。

「那個帳號黏著度非常高，每次一上傳影片總是搶第一個留言，真的有夠嚇人。其他還有幾個帳號也很惡質，要不要檢舉一下阻止他們繼續留言？」

「不要這樣啦。以後名氣越來越大，這種人一定也會像滾雪球一樣越來越多，在意這種事情根本沒完沒了。」

神田你為什麼要否決啊，要是你們採取行動，我明明也有對策的。剛才的興奮感消失無蹤，我又開始感到煩躁，已經在腦海中寫起了留言。『關於你之前在居酒屋的發言，你明明沒多少粉絲，居然還覺得黑粉會像滾雪球一樣增加，到底哪來的自信？倒不如說已經在減少了吧😀比起說這些，你不是應該先感謝那些為數不多的老粉絲還在關注你嗎？』啪，敲下輸入鍵。

3. 日本皇室成員真子公主的駙馬，自兩人訂下婚約後輿論風波不斷，仍於二〇二一年與真子成婚。與真子公主一同飛往美國展開新生活當天，被拍到穿著印有星際大戰人物達斯·維達（Darth Vader）的衣服。由於小室圭與維達皆愛上身分懸殊的公主，最後力排眾議成婚，選擇這件衣服是否別有意涵曾一度引發話題。

「看著那種人，總是讓我回想起蜘蛛絲的故事。你們聽過嗎？芥川龍之介寫的那個。」

「你話題太跳躍啦。」

「好啦，聽我說。《蜘蛛之絲》講的是一個罪人死後掉進了地獄，但他生前幫助過蜘蛛的善心被佛陀認可，釋迦佛於是從極樂世界垂下一條蜘蛛絲，讓他沿著絲線爬上來。

「可是他抓著蜘蛛絲往上爬到一半，地獄裡的其他人也發現了這一線生機，於是一個接一個跟著爬上來。罪人擔心蜘蛛絲因此斷裂，於是朝著身後怒吼『你們不准爬上來！』，他這麼一吼，絲線應聲就斷了。那個罪人的名字叫犍陀多（ka-n-da-ta），跟我的姓神田（ka-n-da）很像嘛，在國文教科書上讀到這個故事之後，它就一直留在我腦袋裡忘不掉。我也覺得《蜘蛛之絲》不只是個虛構的故事，同時也很巧妙地表達出社會上的一些事情。我不太會解釋啦，但同樣的事也在現實世界發生。

「跑到影片底下留負評的那些地獄的妖魔鬼怪，其實就像同在地獄裡的夥伴一樣。當我回過頭去說『你們不要過來！』的瞬間，帶我往上爬的那條細細的蜘蛛絲之類的東西就會立刻斷掉。所以我絕對不會回頭，要仰望天空，努力爬得更高！」

「神田。」

「怎麼啦？」

「你是笨——蛋。」

「囉嗦——！」

包廂裡響起一派和睦的笑聲，我站在包廂外，緊抓著圍裙的雙手在顫抖。蜘蛛之絲?!太愚蠢了吧，你竟敢說我是地獄的妖魔鬼怪？我可是你的頭號粉絲，但你非但不認得我，還把我和路邊那些黑粉相提並論？

「被他們罵到臭頭，老實說我根本沒差。我們不要被嚇住了，就照往常一樣經營下去吧。啊對了，之前說要和諒諒合作的企劃怎麼樣了？他有回信嗎？」

「回信囉，諒諒那邊態度非常積極。」

「這樣啊，太好了。要拍什麼片呢，好期待哦～」

像神田這種無能的傢伙，還好意思搬出芥川龍之介這樣大放厥詞!!

而且還把別人說成妖魔鬼怪，誰會喜歡你這種人啊。

要是你頂著一張滿面春風、洋洋得意的臉昂首闊步，覺得自己說什麼都很有趣，那我會證明你錯得離譜。你口中的妖魔鬼怪能成就什麼樣的大事，我現在就證明給你看。

不回頭往身後看的傢伙會被背刺的。我過度亢奮，鼻水差點流下來，情急之下拿圍裙往鼻子一抹，是紅的，我流了鼻血。

我想要神田回過頭來。在沿著絲線往上爬的神田身後，一隻餓鬼拚了死命叫喚、伸手拉扯他雙腿的畫面浮現腦海，而那隻餓鬼長著我的臉，我毛骨悚然地甩開那個想像。即使蜘蛛絲因為神田暴怒回頭而斷裂，如果能和神田一起掉回地獄深處，那比起上天堂我寧可下地獄。

到了他們聚會結束的時間，神田口齒不清地說了聲「離開前我先去上個廁所」，便從鞋櫃取出自己的鞋子穿上，踏著醉得有點不穩的腳步往洗手間走去。我微微低著頭，側眼偷瞄著這一幕。

沒有時間猶豫了，神田說不定是最後一次到這裡喝酒，我得立刻採取行動。我跟在神田身後不遠處沿走道前進，忽然靈光一閃，於是繞到廚房，把用來點燃單人小火鍋固態燃料的火柴偷偷放進圍裙口袋。

我們這家居酒屋的廁所和同棟大樓同一層的其他店家共用，必須打開門走出店外才能使用。白天其他餐飲店家的客人也經常利用洗手間，不過晚上還營業的只有我們這一家，因此這個時段只有我們的客人會來上廁所。

神田打開門走出去不久，我也打開門，從門縫間偷看。外面和居酒屋喧鬧溫暖的氣氛截然不同，冰冷無機質的大樓走廊被白色燈光照亮，我看見神田沿著走廊，搖搖晃晃地朝著洗手間門口走去。神田打開廁所門，發現裡面空間狹小，便把手上的大衣和包包往走廊上一放，動作蹣跚而緩慢地進了廁所。雖然覺得他很不小心，不過錢包和手機這些貴重物品大概都塞在他鼓脹的牛仔褲口袋裡吧。

我靜靜關上門，快步走進打掃用具櫃的陰影當中，迅速確認了一下神田的包包。提包口開著，能稍微看見裡頭塞得亂七八糟的內容物。我擦亮火柴，火焰唰地點燃，我一手擋在外側護著火苗，把火柴扔進包包，然後重新躲進櫃子陰影處靜觀其變，但沒發生任何變化。就在我想著火是不是熄滅了的時候，一道細細的火柱從包包中忽隱忽現地竄了起來。

燒起來了！得趕快離開這裡，否則會被人發現是我做的。明知如此，我的雙腳卻動也不動，眼睛目不轉睛地盯著那簇火越燒越旺。白色的煙霧開始往上冒，正當我想著這樣會觸動火災警報器的時候，廁所門打開，牛仔褲頭仍然掉得很低的神田走了出來。

「喔哇?!」

濃煙似乎帶著燒焦臭味傳到了門板另一側，因此讓神田察覺到了異樣。他看見火舌大驚失色，拚命拿大衣外套撲打包包裡的火焰，但儘管火勢一瞬間轉小，其中的火種也一直無法撲滅，反而燒得更旺。萬一被發現是我做的就完蛋了，我卻止不住臉上的笑容。

你終於注意到我的存在了?

「救、救命啊！失火啦——！」

神田意識到再怎麼叫也只有自己的聲音在走廊上迴盪，於是毅然決然對著火焰撒尿。火勢隨著氣勢磅礴的水聲減弱，尿液唏哩嘩啦鍥而不捨地排出，徹底撲滅了火舌。神田確認過火勢完全熄滅，便嘴裡喊著

「呃，永瀨～!!」踏著仍殘留醉意的腳步順著走廊前進，打開通往居酒屋的門走進店裡去了，從頭到尾完全沒注意到縮在掃具櫃陰影處的我。

神田的身影消失之後，我站起身，沿著走廊往居酒屋反方向跑，經由樓梯下到一樓，悄悄從正面的自動門回到居酒屋。自動門打開的時候，近處的一位客人瞥了從店外進來的我一眼，嚇得我整顆心臟都縮成一團。

我裝作若無其事地進到廚房，把僅用掉一支的火柴盒放回原位。手抖得不尋常，我這才發現自己在害怕。萬一縱火的事被發現了怎麼辦？剛才一時鬼迷心竅了，我後悔得要命。包廂區的方向一陣騷動，幾個人一起吵吵鬧鬧走出包廂的動靜傳了過來。毫無疑問是神田他們，但我沒那個膽量去看，只能屏住氣息待在收銀臺的暗處。領班從店內深處慌慌張張跑來，開始在收銀臺旁邊的架子上翻找東西。我呆站在一旁看著，他注意到我，語氣匆忙地說：

「客人說他的包包在洗手間旁邊燒起來了。我和近藤先去處理，麻煩呆呆妹妳顧一下收銀臺，抱歉啊，明明妳只是過來幫忙的。」

「我知道了。包包燒起來？是香菸沒捻熄之類的嗎？」

「客人說他也不知道，說是包包自己燒起來了……他們說需要一個垃圾袋裝溼掉的包包，垃圾袋應該是放在這個架子最裡面對吧？」

「啊，不用拿庫存，這裡就有。」

我從垃圾桶和牆壁的縫隙間抽出一個垃圾袋，領班便露出鬆一口氣的表情接了過去。

「對哦，是放在這裡沒錯。抱歉，我太慌張了。」

領班往包廂方向跑過去之後，正好迎來客人們結帳的人潮。我太在意包廂區那邊的狀況，心不在焉地一下找錯零錢、一下打錯金額，失誤連連。

神田的說話聲從走廊深處逐漸接近，我的心臟猛跳了一下。

「永瀨，你看過《刺激驚爆點》這部電影嗎？那部片裡面有撒尿滅火的情節，我就是想起那一幕才急中生智，我是天才吧？」

「你那個包包再也不能用囉，那是麻由奈送你的生日禮物吧，我看你又要被罵了。比起那個，包包怎麼會燒起來啊？你帶了火柴還是打火機之類易燃的東西嗎？」

「沒有，都沒帶。」

「那太奇怪了吧，是不是被人點了火？」

「可是周遭都沒有人啊。」

「不是啦，可能是趁你進廁所的時候幹的啊。不然包包自燃也太詭異了，一定是有人故意為之……」

三人邊說邊走出店外，直到他們完全離開店門之前，我都嚇得魂不附體。

我進包廂清潔，收拾餐具的時候不管三七二十一地偷藏了神田用過的免洗筷和擦手巾，但一回到家便忽然感到害怕，還是把那些東西丟掉了。

儘管起火原因可疑，但火勢很小，也沒用到滅火器，因此居酒屋那邊最後沒有報警，不過員工之間還是不斷聊起這件事的八卦，也一直在尋找犯人。當天是不是有神田的粉絲在店裡？——也有人敏銳地這麼推理，我表面上點頭附和，心裡心驚肉跳。萬一事跡敗露，我被逮捕怎麼辦？在神田影片底下留過許多評論的事實突然令我害怕，假如有人從網路留言循線展開調查，我會不會被列為那場小型縱火案的嫌疑犯？永瀨P在這次事件發生之前就已經把我視為惡質黑粉，此時此刻神田的經紀公司會不會已經要求平臺提供我的個人情報，在檯面下採取各種動作？想到這裡我就心神不寧，晚上也睡不著。萬一被告的話，我的罪名會是縱火罪嗎？還有網路上的誹謗中傷也會一併算作我的罪狀，我的本名和大頭照會一起被登上新聞公開報導？要是為了那種無趣的傢伙搞得自己身敗名裂，那也太悲慘了。

我只能祈禱神田不會把事情鬧大，他不是說犍陀多回頭了但神田不會回頭嗎？拜託一定要說到做到，忘掉那場原因不明的自燃事件吧。

後來警察沒來找我，但我總無端覺得義式海鮮居酒屋和立食壽司店的所有員工都在懷疑我是縱火犯，於是在大家問我什麼之前便主動辭掉了工作。我原本打算離職之後馬上再找下一份打工就好，現在卻把自己關在家裡，就連找工作都嫌麻煩。走在外面的時候，儘管知道那天沒人報警，卻總覺得掌握了當時縱火證據的警察就潛藏在街上的行人當中，說不定會來逮捕我。我因此幾乎不再外出，開始蘊居在家。

神田一直都是老樣子，不久前還辦了個生日驚喜企劃，總之是個大家熟悉到不能再熟悉、反覆使用到表面被磨得閃閃發亮的爛哏企劃，還和他的夥伴們一起玩特大號派對拉炮。而且在那之後，他反覆出現在我夢裡。夢中他沿著銀色的細絲不斷不斷往上爬，而我無論再怎麼拚命伸手去抓他的腳都被他靈巧地輕輕躲開，他壓根沒回頭看過我一眼。神田這個人真的是瘟神，他從旁干涉了我的人生，本人卻沒半點惡意也沒半點知性。話說回來，每當看到神田的臉，當時撒在包包上那泡液體的顏色總是不禁浮現在我的腦海，喜歡他的心情也因此萎縮……是喝了太多薑黃沙瓦嗎？我本來還覺得他是個帥哥，怎麼會尿出那麼黃的……不對，我才不是那麼單純的人，哪可能光看他的影片就越看越喜歡這個人，最後變成他的真愛粉什麼的。我是迷戀他內在的創造力，但實在對神田這個人的本性太失望了。我退粉，絕對不是因為神田的尿太黃。

討厭我就不要叫我來

嫌いなら呼ぶなよ

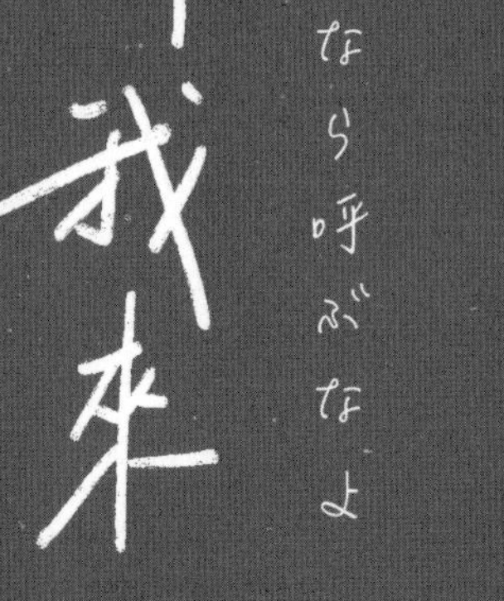

天空一碧如洗，晴朗得令人目眩。我猜測今天午後日照將會變強，果然沒錯，幸好我連容易遺忘的後頸都滴水不漏地擦了防曬乳。

氣象預報說今天一整天都是陰天，而且我也帶了陽傘，不用擦沒關係——原本這麼說的楓，在我們抵達目的地、爬上樓梯來到車站驗票口的時候，看見外頭完全恢復活力的晴朗天空也綠了臉。

「紫外線變強了呢，我還是跟你借一下防曬好了。」

這個UV小偷。雖然這麼想，但既然是心愛的楓的請求，我當然不會拒絕。我把白色的防曬乳倒在手上，替她在脖子、手臂，甚至稍微露出的腳踝都塗上厚厚一層，楓嫌癢似地笑了起來。我很想把包包裡那把UV遮蔽率百分之百的全黑陽傘拿出來用，但畢竟還是忌憚旁人的眼光，無論在哪裡撐陽傘都不會招致奇異目光的楓讓我有點羨慕。路上一直戴著口罩，口罩內側悶熱到讓人快要昏倒，但一想到它保護了下半臉免於日曬，就覺得這份辛苦或許也有了點回報。

抵達森內家小型庭院的門前，我們便看見森內夫婦的三個孩子和河原夫婦的兩個孩子，在前門旁邊的草坪上抱著大水槍玩耍，T恤被淋得溼透，笑容燦爛耀眼。他們手上的水槍大得像火箭筒，正一口氣噴出大量的水，發出響亮的水聲。孩子們一注意到我們，便所有人一起揮著手齊聲說：「叔叔好、阿姨好！」這五個小朋友我們見過幾次，都是有禮貌的好孩子。

「他們玩得很開心呢！這塊地呀，聽說當初他們要蓋新房子的時候，本來打算當作停車空間的。可是後來注意到這附近沒有公園，小朋友沒什麼地方可以玩耍，就緊急決定種上草皮改成庭院。計畫變更得很成功呢！」

剛開始我還以為這是森內夫妻設計失誤的笑話，聽到最後明白是在讚美他們，於是回答：

「嗯，有這麼替他們著想的爸爸和媽媽，孩子們也很幸福呢。」

我說著，和楓相視而笑。

楓收起米色與白色相間的條紋陽傘，按下對講機報上姓氏：「我是霜月。」

「來了～」聽到哈姆哈姆輕快的回應，我內心的緊張感一口氣攀升。

說實話，我今天根本不想來。這場森內家慶祝新居落成兼三家聚會的居家派對，由於政府因應疫情頒布了緊急事態宣言的關係不斷延期，最後終於在上週宣言解除的時候敲定舉辦，但我還寧可緊急事態宣言永遠持續下去。我一眼就看得出這間新房子比起森內家原本居住的公寓大廈確實高級了不少，不用進去了，拜託讓我就這樣溜之大吉吧。

楓自行打開那扇小小的門扉往前走，我跟在她身後來到屋前，玄關門口放著一張寫著「WELCOME」的苔綠色玄關地墊，墊子上無數像劍山般銳利的尖端筆直朝著正上方，像在無言地催促「進屋之前給我用這個擦乾淨」一樣，這種壓迫感已經讓我受不了了。不，是我想太多了嗎，我用E字的部分刮掉鞋底的泥沙。

「歡迎。」

宿敵哈姆哈姆的笑容被夾在門縫之間，我好像在哪看過這種構圖。啊，是《鬼店》。

「哈姆哈姆～疫情中不能跟妳見面，我真的好寂寞哦！很開心終於能來參觀妳的新家！裝潢得這麼漂亮，我看了好感動！」

「今天天氣這麼熱，謝謝你們還願意過來～！這段期間雖然還是有跟妳講電話聊天，但沒辦法當面見到妳我也好寂寞～！」

楓和哈姆哈姆向彼此伸出雙臂，手指交握在一起。哈姆哈姆（ha-mu-ha-mu）名叫森內萌華，結婚前的舊姓是羽村（ha-mu-ra），是楓最要好的朋友。她們倆念高中時在女子排球社認識，到了現在兩人都已經結婚，感情仍然相當要好。我和楓透過共同朋友在餐會上認識，後來邀她一起去潛水、進而展開交往的時候，楓第一個介紹給我認識的朋友就是哈姆哈姆。

只要我一有什麼過失，哈姆哈姆總會從楓第一時間撥給她的電話耳聞，到了隔天早上便理所當然地知道事情始末，簡直像這件事登上了雅虎奇摩新聞首頁一樣，是比閻羅王更恐怖的人物。以前有一次，我只是把我不愛吃的蘑菇從楓親手做的料理當中挑掉，楓沒說什麼，過幾天哈姆哈姆卻突然莫名其妙地警告我說，挑食會導致營養不均衡哦。

「啊，霜月先生你好，今天謝謝你百忙之中過來。」

或許是這場居家派對讓她心情大好，哈姆哈姆沒帶著平常那種從頭到腳把人檢查一遍的眼神，而是皮笑肉不笑地轉向我。

「我才要謝謝妳，能到這麼漂亮的新房子作客真是太榮幸了。你們的草坪種得又綠又茂密，很好看。」

「真的嗎？謝謝你。除了草坪之外，一起安裝的自動灑水器我也很喜歡，水嘩啦啦地灑下去，反射著太陽光閃閃發亮的感覺很棒哦。」

「你們還裝了灑水器呀！好像美國那種外國房子的庭院哦。」

「這樣也比較省力，我這個人比較懶散嘛，自動澆水真是太方便了。啊，不好意思讓你們站在玄關說話，兩位請進屋吧。」

拖鞋在玄關一字排開，再一次施加了「務必穿上我才能入場」的壓力。哈姆哈姆常常說自己懶散、粗魯，剛認識她的時候我老實地信了，還覺得「她豪爽的笑聲聽起來確實還滿像是那種人」。但現在我知道正好相反，她是個嚴謹仔細一絲不苟到令人害怕，而且意外地愛記仇的人。當我脫下鞋子的時候，千尋從走廊深處走了出來。

「楓，還有霜月先生，好久不見了！」

「好久不見。」

「千尋！妳最近好嗎？我好想妳～！」

「我也好想妳！我們家一切都好哦，我們剛才先喝了一點酒，抱歉等不及你們來。」

「完全沒關係，你們想喝就先喝呀。」

「謝謝妳。還有，抱歉哈姆哈姆，我們家小朋友直接跑到草坪上面去玩了。難得養得這麼漂亮，被他們這樣亂踩。」

「啊——沒關係、沒關係，我們家小孩也是從早到晚都在那裡玩，沒問題哦。」

進到一樓的起居室，一個體型像熊、穿著圍裙的男人正在準備午餐食材。他臉上鬍鬚濃密，體型魁梧，外表讓人聯想到動畫裡的龍貓，眼鏡底下的眼神卻比龍貓更陰險幾分。這位就是哈姆哈姆的先生，簡稱哈姆先生。知道哈姆哈姆選擇跟他結婚的時候，我沉吟著想「真沒想到她還有這招」。即使是手臂和背部肌肉發達、脖子粗壯的哈姆哈姆，站在這個比自己壯碩數倍的男人身邊，也顯得嬌小可愛、小鳥依人了。哈姆先生注意到我們便露出笑容，邊挖除青椒的種子邊向我們點頭打招呼。

我們在面朝庭院的陽臺開始烤肉，孩子們聞到香味，紛紛歡呼著聚集過來。我原本覺得他們決定在住宅區烤肉很有勇氣，但意外的是沒散發出什麼油煙和味道，多半使用了最新型的機器吧。那臺晶亮的紅色烤肉爐邊緣，在太陽下反射著刺眼的光。

「這些都烤好了，大家儘管吃哦！我們準備了很多肉，男生們要努力多吃點才行。」

哈姆哈姆邊說邊拿著烹調筷把烤網上的食材翻面。聽她這麼說，所有人終於像輾轉抵達據點的秘密結社成員一樣，從臉上剝下口罩。最近拿下口罩的時機很難拿捏，常常遇到一個人先拿下了，結果發現其他人還戴著口罩，只好急忙重新戴回去的情況。直到有了必須飲食的既成事實，我們才能安心脫下口罩。

冷靜一想，盛夏酷暑中的馬路上幾乎沒半個人，走在街上根本不需要戴口罩。之所以在感染風險無限趨近於零的情況下也不拿下口罩，是因為我們介意旁人的眼光，也不想被不知潛伏於哪個街角的口罩警察突然叫住，要求我們戴上口罩。

相反地，之所以在值得信任的親友聚會中拿下口罩，一邊告訴自己「反正都高溫殺菌了應該沒差吧」，一邊把傳染風險堪稱最高的烤肉食材塞進嘴裡，並不是因為我們太天真，也不是因為多麼信任親朋好友，而是因為在場的所有人都這麼做。

在所有人都戴著口罩或不戴口罩的場合獨自採取相反的行動，就像在金碧輝煌的派對會場正中央嘔吐一樣需要勇氣——我們是什麼時候認知到這件事的？即便以為自己隨心所欲地活到了今天，仍然痛切體認到自己在這個名為日常的舞臺上，是如何盡忠職守地扮演著自己的角色。

我拿下口罩吃著烤得熱騰騰的茄子，緊張感逐漸緩解，開始覺得開心了起來。雖然我見到哈姆哈姆的時候心情總是像媳婦見到愛發牢騷的婆婆，但她今天看起來也很高興，可能是我想太多了。我本來就喜歡派對，現在公司的尾牙、春酒、其他酒會都因為疫情而停辦，這種聚餐機會相當難得。

今天的哈姆哈姆把頭髮綁在後腦勺梳了一顆丸子頭，穿著棉質圍裙笑臉迎人，外表看起來像嚕嚕米裡面的媽媽和小不點的綜合體。二十幾歲還沒結婚的時候她可是漂了頭髮，還把內層染成綠色，現在實在變得居家了很多。他們特別準備了迎賓酒用的香檳杯也讓人眼睛一亮，雖然用的是塑膠製的杯子。香檳細緻的氣泡沐浴在白天健全的陽光下閃閃發亮，散發出與夜晚燈光下截然不同的、舒展自得的魅力。

千尋似乎是大學時期和楓與哈姆哈姆交上了朋友，但感覺得出她和那兩人稍微保持著一點距離。或許是楓和哈姆哈姆要好到她無法介入，偶爾會看見她百無聊賴地待在一旁。

千尋的先生，簡稱千先生，到了假日總和她形影不離地一起露面。千先生給人的感覺與太太相近，存在感有點薄弱，總是面帶穩重的微笑，那種根本沒在聽人說話的點頭方式熟練得爐火純青，讓人忍不住懷疑這個人在職場上大概也是個坐在辦公室最邊緣的角落，像這樣點頭微笑隨便打發時間就回家的「窗邊族」。

不過，千先生比千尋大了十三歲，在這個群體裡比大家都要年長，我跟他聊起來最自在也是事實。

「河原先生，好久不見。」

我看著千先生吞下他大口咀嚼的燒肉，抓準時機自然地靠過去向他搭話。

「啊，好久不見，沒跟你打到招呼真不好意思。」

千先生舉起香檳杯作勢碰杯，半途又想起什麼似地止住了動作。

「最近真的很艱困啊。自從新冠疫情開始延燒，我們公司也一直被耍得團團轉。霜月先生，你們公司是大企業，我想遇到這點程度的疫情應該完全不為所動吧？」

「我們完全算不上大企業啊。唉呀，自從疫情爆發以來，情況一直都無法預測，像我們公司以實體店鋪販賣定製西裝為主，因為政府呼籲遠端工作的關係營收都縮水了，而且營業時間自主縮短之後晚上又不能開店，簡直是屋漏偏逢連夜雨啊。」

「我們公司從國外訂購的零件交期也延後了，還影響到國內販售的時間，不曉得該怎麼辦。高層一開始還很樂觀，最近明顯看得出他們開始急了，擔心再這樣下去資金周轉會出問題。」

「大家都不容易啊，我們公司也受到了這方面的影響，國外進口的貨遲遲不來。」

「是啊是啊。國外有些地方疫情還比日本更嚴重，沒辦法見面洽商，老實說新客戶也變少了。情況再不趕快好轉，就連既存顧客的訂單都要被影響了。」

「我明白。這方面網路比較不受影響，我們公司也在討論以後要不要改從線上販售商品，生意也改在線上談。」

「不錯的點子啊。雖然真正實現可能得花些時間，但以現在的狀況而言，改成線上經營說不定是最實際的方向了。疫苗是我們唯一的希望，要是疫苗對那什麼變異株無效，公司今年的計畫就定不下來，整間公司都要被拖垮。霜月先生，你打疫苗了嗎？」

「還沒有，我們這一區準備得特別慢，預約接種的網頁也因為訪問人數過多掛掉了。現在伺服器正在維護中，所以我連預約都還沒預約到呢。」

聊工作很好打發時間，照這樣再撐兩個小時，四點半左右就能回去，還能應同事之邀到有樂町的餐會上露個面。他說很久沒聚餐了，想邀請一群有趣的參加者進行一場有意義的聚會，感覺對拓展人脈也有幫助，我很想出席。

「哎，你們兩個有在吃嗎？」

哈姆哈姆不知何時站在後面向我們搭話，嚇得我的肩膀抖了一下。

「有啊，吃很多囉。這道培根蘆筍捲非常好吃，森內太太妳的手藝真是太好了。」

「哎呀，這道菜很簡單，只是捲一捲拿去烤而已，別誇我啦。」

千先生從剛才開始就只對著肉類動筷子。他和之前見面時繫著同樣的棕色皮帶，不曉得是沒注意到自己體態發福，還是單純皮帶舊了，刺著金屬釦的皮帶孔已經嚴重磨損，被擴張成了橢圓形。來到我們店裡的客人當中，也有人這樣暴力使用皮帶孔，令人納悶他們該不會家裡只有一條皮帶。腰部靠近下半身，這部分的儀容整潔絕對該多加注意一下比較好啊。

至於我，我這個月的體脂已經減到目標，還增加了肌肉量，所以就算是別人家辦的派對，我也不想再為了人情道義攝取更多卡路里。才剛為了健身練出來的腹肌上面不再蓋著贅肉而開心，要是在這時候把端出來的東西全都吃下肚，那我這禮拜上班前在健身房的努力就全都付諸流水了。儘管知道節制有多重要，有時候我還是會吃下多餘的東西。既然同樣都是熱量，那比起人情卡路里，我寧可用我喜歡的札幌一番泡麵把胃填滿。

「霜月先生，你已經吃飽了嗎？」

哈姆哈姆探頭看了看我手上只浮著醬汁的盤子這麼問。

「嗯，很好吃哦，謝謝招待。」

「那正好，這是河原先生帶來的伴手禮，ROYCE'的巧克力洋芋片，甜甜鹹鹹的非常好吃喔，你嘗嘗看！」

「哈哈，畢竟現在不能旅遊嘛，我想至少體驗一下到外地觀光的心情，就在百貨公司的北海道物產展上買了這個。」

糟糕，是我最愛的零食。我很想視而不見地忍下來，但站在眼前的兩人動也不動地等著我吃，我只好放棄，朝著哈姆哈姆手上的點心碗伸出手。

看吧，很好吃吧，像毒品一樣令人上癮。我已經禁食這東西兩年了，卻又想起了這個滋味。巧克力的部分冰得恰到好處。

我咔滋咔滋地吃了好幾片，才猛地回過神來朝哈姆哈姆一看，發現她臉上沒有半點笑容，用徹底瞧不起的表情看著我。

「來，儘管吃哦。」

她把點心碗硬塞給我，便立刻找其他客人去了。哈姆哈姆，妳就是這點討人嫌啊。該不會她眼尖地看到我沒吃多少烤肉吧？

「河原先生、霜月先生，你們玩得開心嗎？我做了特製的龍舌蘭日出調酒，請你們喝。」

這一次換哈姆先生登場了。這個人以前當過居酒屋的店長，做的調酒好喝到堪稱邪惡。

「不好意思，我就不喝了。疫情期間一直待在家裡，我的酒量變得很差，喝下剛才的香檳已經是極限了。」

千先生連忙推辭，哈姆先生於是把兩杯橙色的雞尾酒朝我遞過來。

「既然這樣，霜月先生，這兩杯都給你喝吧。你酒量那麼好，一定沒問題吧。」

我露出苦笑接下了那兩杯酒，繼續跟千先生和哈姆先生談笑，大口大口喝著酒。事已至此，我什麼也不想管了，今天就放縱一天吧。這酒入喉順口，從它有點刺鼻的藥味卻感覺得出它度數頗高。哈姆先生一定是看這種比例在居酒屋工作時廣受顧客好評，就在居家派對上也用同樣的濃度調製了吧？不曉得是不是緊張的關係，酒精發作得比平時更快，但我是不會把醉意表現在臉上的，我表面上的自制力可是像鴕鳥蛋殼一樣厚實。身為一個特別厭惡飲酒失態的人，即使連腦髓都被酒精侵蝕，我也會用自尊撐住挺直的背脊。

哈姆哈姆帶著滿面的笑容，端著一整個點著蠟燭的蛋糕從廚房走出來，我於是放棄抵抗，再一次拿下口罩。

「再過兩週就是小葵的七歲生日了吧，生日快樂！」

「哈姆哈姆，妳居然還準備了這麼大一個蛋糕嗎？我都不知道，太謝謝妳了！妳都替我們準備餐點了，抱歉還讓妳這麼麻煩。」

聽見千尋感激地這麼說，哈姆哈姆不好意思地擺擺手。

「不用客氣、不用客氣，大家能一起慶生真是太好了。好了各位，過來這邊集合——」

唱過生日快樂歌之後，小葵用力吹熄蠟燭，看得我一瞬間表情僵住，但立刻換上笑容鼓掌。吹完蠟燭，小葵馬上開始說他想要吃蛋糕上的糖霜小熊。當然，盛著一片蛋糕的盤子傳了過來，我避無可避地把它吃光，人情卡路里什麼的都無所謂了。

等到孩子們都吃完了蛋糕，跑到客廳玩耍，留下來的大人們忽然一陣沉默，所有人心照不宣地紛紛走上二樓。想跟著上去的孩子們被制止，要他們都去一樓或院子裡玩。

咦？這是什麼情況？

「各位，怎麼了嗎？」

「既然都用過了餐點，想說差不多該換個地方到二樓聚聚了，霜月先生也請上樓吧。」

哈姆先生眼鏡鏡片後方的眼睛朝我露出微笑。

「好。」

總覺得有種驚喜的預感，該不會是又準備了誰的生日蛋糕吧？但看起來似乎不像，那到底是什麼事？我把所剩無幾的第二杯龍舌蘭日出喝乾，跟在大家身後爬上樓梯。

「霜月先生，你在外面搞外遇了對吧？我從楓那裡全都聽說了。而且被楓發現之後你還繼續扯謊，甚至現在還繼續跟對方交往。到底是怎麼回事？」

聽見哈姆哈姆意料之外的這番話，我腦海中莫名浮現出一片撒哈拉沙漠晴空萬里的情景。搖曳的海市蜃樓另一端有片綠洲，草木在其中繁茂生長，水面在陽光下閃耀著惱人的光芒。

「欸，霜月先生，你在聽嗎？今天一定要讓你一五一十地全部招供，事實上我們今天把你叫來就是為了這件事。」

果然她全都從楓那裡聽說了嗎？這畢竟是夫妻之間最為隱私的話題，我原本樂觀地以為楓不會連這種事都告訴哈姆哈姆，看來是我太天真了。

「楓跑來找我商量，說她明明已經掌握了你出軌的證據，但她一談起這個話題你就開始顧左右而言他，完全不說重點，這樣下去沒完沒了。所以我建議楓，不如乾脆趁著今天這個機會，大家一起當面跟你把話問清楚。」

我們轉移陣地來到二樓的第二起居室，圍著茶几各自坐在沙發上。河原夫婦並排坐一張沙發，另一張沙發上坐著楓、哈姆哈姆、哈姆先生，我則一個人坐在他們對面的椅子上，簡直就像法院裡的迷你法庭一樣。當然，被告是我。

「明明是我們夫妻之間的問題，我也很不願意把大家都牽連進來。對不起，本來是一場開開心心的居家派對，氣氛卻被搞成這樣，而且今天還是你們家新居落成之後第一次請客人來參觀的日子……」

楓縮著肩膀，對除了我以外的眾人這麼說。

「妳不用介意啦，要不是做到這個地步，根本不可能抓住霜月先生吧？這也沒辦法。我事前都徵求過河原先生他們的同意了，妳不要擔心。」

河原夫妻聽了趕緊點頭。所有人都是同夥，只有我一個人被蒙在鼓裡嗎？

「霜月先生，你就沒有什麼想說的嗎？」

我張開雙唇，一時不確定該用哪一種嗓音回答。我知道用有磁性的低沉嗓音含糊不清地說話比較受女性歡迎，但這種說話方式到了致歉場合就相當不利，以前上司也曾經對我怒吼「你講話給我講清楚！」。但果然還是走含混不清路線好了，感覺晚點我不想一字一句說清楚的事例就會噴發而出，我也只有這個選擇。我可沒有被人審問時還能口齒清晰對答如流的勇氣。

「抱歉，事出突然，我嚇了一跳。」

「我們也不想暗算你，但不做到這個地步，你還會繼續逃跑吧？」

「我是認為自己並沒有逃跑。」

「但你一直在否認外遇的事實對吧？」

「該說是否認嗎？我已經跟楓解釋過，我和對方並不是楓想像的那種關係。」

哈姆哈姆從鼻子裡哼笑一聲，把彩色照片放在茶几上，我探出身體往那邊一看，便睜大了眼睛。

「驚訝嗎？看來你真的沒發現自己被人跟拍了呢。為了確實蒐集證據，我們請了私家偵探去跟蹤你。」

不是，那不是重點。我從這個角度拍照本來就不太好看，而且還在臉部移動的時候被拍到，下巴附近的殘影讓我的臉看起來變成了一點五倍大。因為光源在正上方的關係，星野小姐也被拍成了醜八怪，她本人法令紋根本沒這麼深啊。

「原來是這樣，我真的沒發現有人在偷拍。」

為此沮喪也無濟於事，對方是私家偵探又不是攝影師，沒辦法。而且，雖然我和星野小姐確實狀似要好地牽著手走在路上，但以出軌現場的證據來說，這張照片也不那麼具有決定性。

「當初楓來找我訴苦你外遇的事，一開始我也不知道該怎麼辦才好。在我們正煩惱的時候，千尋告訴我們可以嘗試找專業人士幫忙，所以才拍到了這張照片。」

或許沒料到風向會吹向自己，千尋急急忙忙打岔：

「不是，我也不是一開始就提議要找私家偵探什麼的。我一開始是說，『霜月先生風采過人，應該很受女性歡迎，也有可能是楓誤會了吧？』可是後來楓覺得情況越來越不對勁，我擔心她再這樣下去心理會出問題，才提議說乾脆找專家來調查比較輕鬆。但我也沒想到真的會查出這樣的結果……」

風采過人嗎？千尋說話的時候時不時會插入一些讚美，雖然這多半只是她的一種處世技巧，但同樣是楓的摯友，我也沒辦法像討厭哈姆哈姆那樣討厭她。

「霜月先生當然不對，但對方也實在是，到底是用什麼心態在跟你交往……比起沒有常識，該說是沒有倫理觀念的人嗎？我們實在是無法理解，你說是吧？老公。」

「嗯、嗯。」突然被點名的千先生模稜兩可地回答。在一樓還親切地跟我談天說地的河原先生，你也不站在我這一邊嗎？

星野小姐在「對我的愛」和「對我妻子的背叛」之間痛苦掙扎的模樣浮現腦海。同樣是愛情，楓能夠獲得周遭同情，星野小姐卻遭到藐視汙衊。她明明只是太喜歡我，即使理智上知道不行，仍然捨不得分開而已。

「身為已婚人士，我確實做了不可原諒的行為。但這只是我太輕率，對方並沒有做錯什麼。」

楓眼中含著薄淚瞪向我。

「這種時候還包庇外遇對象，真不敢相信。不只是外遇，我之前有時候跟你說話就覺得溝通不良了。你這個人雖然看似不太能信任，但從來不會被社會上普遍的意見迷惑，總是坦然說出自己的感受，所以我一直認為你的主張不可能完全沒有道理。有時候我還會佩服你，覺得你自由自在的思考方式特別聰明。可是最近，我真的無法理解你到底在想什麼。」

為什麼？直到最近，妳不是還說我約會的時候體貼到無微不至，還知道很多餐點美味又有情調的餐廳，無論妳說什麼都願意溫柔地傾聽，比其他男性更懂得女人心，所以想找我商量任何事都比較好開口嗎？溝通不良是哪裡溝通不良？什麼時候發生的事？這麼說來，在新冠疫情剛爆發的時候，有一次我們只是尋常地閒聊，楓卻突然表現得很反彈。

『那個呀，今天我們職場上有一個人驗出陽性。雖然沒有發生群聚感染，但明天會請人進我們辦公室消毒，目前暫時也不能進公司上班，好像要改成遠距工作。』

那天楓比平常更早回家，臉色發青，對著比較早到家的我這麼說。

『那真是太慘了。楓妳身體狀況還好嗎？』

『還好，我不是密切接觸者，也沒有發燒，不過保險起見我還是會去做ＰＣＲ篩檢。比起這個，最先驗出陽性的那個人是我的熟人，我跟她通了電話，還好症狀不太嚴重，但她非常自責，一直哭著說自己害公司鬧出這麼嚴重的事情該怎麼辦。她說她完全不知道病毒是在哪裡感染的，她沒有去見朋友也沒去聚餐，只在自家和公司兩點一線活動而已。』

『每個人一定都會這麼說啊。』

聽我這麼說，楓露出「咦?!」的表情。

『什麼意思?』

『不會有人把想到的感染途徑老實招出來吧，說了也只會讓自己更站不住腳而已。』

『你要先入為主地預設她說謊嗎?』

『那當然啊，即使老實說出所有活動軌跡，也只會被公司責備「你為什麼要跑到那種地方去」，完全沒有任何好處。對了，之前發生一件很好笑的事。我們用 Zoom 連線開遠端酒會的時候，有個傢伙超級誇張……』

和大學朋友們在 Zoom 上一起喝酒的時候，有一個人明顯得了新冠肺炎。遠端連線的期間他一直在咳嗽，剛開始其他人還問他「還好嗎?」，結果那傢伙滿不在乎地說「沒事沒事，我這次感冒拖得很久」

直好不了，有夠慘的啦」。但他一描述自己的身體狀況，那明顯就是新冠初期的症狀。

他說他明明沒有鼻塞，卻吃什麼都沒有味道，在場所有人聽了腦海中都浮現出禁忌的那四個字。那時候知名藝人剛染疫過世不久，社會上氣氛低迷，全世界都鬧得雞飛狗跳了，教人納悶這傢伙難道完全不看新聞嗎？症狀顯然就是×××，他卻堅持不肯承認，繼續參加酒會。

大家越聊越熱絡，夜也深了，聊到後來那傢伙咳到停不下來，說著「糟糕，喝了酒身體都開始發冷了，我先去睡啦」，就先離席了。在他退出之後，剩下的所有人紛紛七嘴八舌地說：「那應該是得了新冠吧？」

根據後續情報，後來那傢伙症狀惡化，發了四十二度的高燒，卻仍然堅持這是感冒而不去醫院，只請了四天假就回公司上班。

『都有那種人了，也難怪疫情根本控制不下來。』

『這哪裡好笑了？』

楓完全不帶笑容這麼問道，我有點自討沒趣。世上多得是不能說出口的話，自從疫情爆發以後不能說的又更多了，我本來以為能在私底下聊這些也是夫妻關係的樂趣所在。

『我真搞不懂你。』

楓喃喃說。

說到底，楓面對新冠疫情的態度本來就太神經質了。我勸過她好幾次不要太鑽牛角尖比較好，當下楓也同意了，但每次看到疫情升溫的報導，她原本的不安似乎又會捲土重來。

到了最近，她去買東西的時候才終於不再戴透明塑膠手套。畢竟不曉得這種情況會持續到什麼時候，要是這麼緊繃的話很快就撐不下去了——我是帶著這種想法才跟她說了我那個朋友的故事，結果卻反而增強了她對我的戒心。

楓所說的不一定是這件事，也可能是這種微小齟齬的累積。我在婚姻生活中也盡量努力避免說出太輕率的話，但楓沒有看漏我說溜嘴的那些部分。

「在一起生活的過程中，我即使注意到你不自然的舉動，也一直睜一隻眼閉一隻眼。但我真的忍不下去了。」

然後，她開始訥訥地說起來龍去脈，從她是如何開始懷疑我的異性關係，鉅細靡遺地說到確信我出軌的詳細經過，內容和疫情完全無關。詳細描述自己在每一個當下的心情，這是楓最擅長的說話方式，只要起了頭就比荷馬史詩還要長。

出現在她故事中的我就像個粗心大意的騙子，愚蠢到聽不下去。我有個習慣，想要逃避現實的時候，我就會以接受訪談的形式在腦中開始自說自話。訪談者對我極度感興趣，想要無止境地挖掘關於我隱私的任何情報，充滿熱情地不斷提問，而我穩重有禮地一題題回答她。

『霜月先生，您有了這麼好的伴侶之後還是選擇出軌，我想請問您身為已婚人士，究竟是出於什麼原因還能如此受到異性歡迎呢？』

『原因……如果說我有罪，那麼全身上下的所有部件都優美到絕望大概就是我的罪名吧。常常有人誇我手指修長，但我真正形狀好看的是指甲。嗯，我這指甲天生就算是最高級的了，但我每週還會保養它，讓它維持在非常頂尖的狀態。

『這社會上啊，總是有很多男生以為帥哥美女都是天生的，只要那些天之驕子不變胖變禿，中間的差距就永遠無法顛覆。但也沒有那麼絕望，因為我們在別人心目中留下的印象，是全身各種部件結合起來造就的結果。

『所以，即使被人家當面說「你看起來好髒，我對你完全沒興趣」，那也用不著自暴自棄地認為「反正我就是天生醜到沒人要，根本無從改變」。去好好洗個澡、把指甲修乾淨，光是做到這些，某種程度上你就擺脫了「骯髒」的詛咒，這是我想帶給大家的建議。指甲尖端記得用指甲剉修成圓弧狀，其實指甲表面我還想用專用的拋光棒打磨，再塗上指甲油讓它更有光澤，但男人的指甲太有光澤也不太自然，所以我還是打消了這個念頭。

『還有，我想想……有很多人努力展現自己的優點，希望能聽到對方說「哇，你好～厲害」，但無論男女，老實說沒有人喜歡讚美別人「好～厲害」，反而更喜歡小看別人時帶來的優越感。這就是為什麼露出一點破綻的人比較受人歡迎。但假如真的全身上下都是破綻，那可是會把對方嚇跑的，所以「刻意地」製造破綻是最能帶來好感的做法。

在喜歡的女生面前，你才更應該多犯些小錯，展現自己可愛的一面。營造出惹人喜愛、即使有些小缺點也讓人討厭不起來的感覺，是男性絕對必備的技巧。』

我察覺敘事史詩已經結束，於是看向前方，楓正目不轉睛地瞪著我。

「哎，你在聽嗎？你沒在聽吧？你只是在我說話的空檔自動點頭而已吧？」

「我有在聽。妳在痛苦許久之後終於得出結論，覺得應該先和我保持距離，重新審視自己，對吧。然後呢？」

「太過分了，你為什麼那麼不為所動？」

「我從剛才聽到現在，霜月先生一次也沒道過歉，在這次事件中你覺得自己完全沒有錯嗎？」

哈姆哈姆打岔道。

「我當然知道我有錯在先。我有時候會覺得自己像是外星人，這次的事情也是我這方面的特質招致了惡劣的結果，我對此有所自覺。仗恃著楓的包容，一直為所欲為的我是最應該負起責任的人。楓給了我無數次反省的機會，我卻沒有一次好好把握。這方面我真的必須好好反省，往後在修復這段關係的時候，我也必須好好改過自新。」

「這是你自己出軌的事情，你為什麼好像事不關己一樣看著遠方講話？明明講的是你本人，但你眼神根本像進入涅槃了嘛。」

我有點輕微的外斜視，所以偶爾會被人說看起來像在發呆，但這還是第一次有人說我眼神像進入涅槃。

或許是楓的比喻太另類，場上徹底對她投以同情的氣氛凝滯了一秒，轉變成了「這人在說什麼？」的微妙氛圍。可是我就喜歡楓在這種場合突然說出涅槃這種詞彙，平常在職場上工作精明幹練，偶爾語感卻會突然下線的樣子。這種感覺就算跟在場這些人解釋，大家或許也無法理解吧，但我們好歹也是夫妻，彼此還是很合得來。

我迅速把眼神聚焦在楓身上，然後開口：

「……抱歉，我只是單方面地想把這想像成在遙遠世界發生的事。」

「嘴上道歉歸道歉，但我看你根本沒在反省。千尋，妳對霜月先生這個說法怎麼看？」

哈姆哈姆像個知名主持人一樣，給予其他演出者發言機會。

「這個嘛，這麼說或許有點過分，但給我的印象就是口若懸河地說著徒具形式的致歉詞吧。」

「河原先生，你怎麼看？」

「這個嘛，這種話我也很難啟齒，但與其說霜月先生在反抗、輕視普遍的良知和常識，我倒覺得他給我一種對此不瞭解、一無所知的印象。」

你們聽起來一點也不難啟齒啊。聽他們倆這麼說，我不禁苦笑。

「我本來還想說，你的問題有可能來自童年的創傷或是父母教養方式的影響，所以原本考慮勸你去做心理諮商，但後來又在哪裡讀到說，就算建議沒有自覺症狀的人去看診也沒有用，因為當事人並沒有治療的意願，因此我又猶豫了……」

父母教養方式指的是什麼？沒有人童年過得像我這麼幸福了好嗎？不准用那種陰險的揣測來詆毀最為我著想、最愛我的爸爸媽媽，即使是楓我也不允許妳這樣說。

楓把上半身俯向大腿，雙手掩面哭了起來。

「我自己也覺得很空虛，我知道你並不是為了傷害我才去搞外遇的。該怎麼說呢，你有著異常浪漫的一面，也有著容易受外界影響的脆弱一面吧。可是我卻在這個所有人全都一面倒支持我的地方羞辱你、想盡可能深深傷害你。我也不認為這麼做是正確的啊。」

楓顫抖著肩膀哭泣的模樣令人於心不忍，我也眼眶泛著淚正想出言道歉，這時哈姆哈姆拍撫著楓的後背，開始說話了。

「楓，妳這麼說就不對了。即使這個人並不是有意傷害妳，但楓妳確實深深受到了傷害，而且這種情況讓妳長年感到痛苦，只能跟在場這些朋友商量。發生交通事故的時候，幾乎沒有駕駛是故意把人撞死的吧。即使如此，肇事者還是必須向被害者道歉，也必須負擔罰責。」

妳想說的是，外遇等同於心靈上的過失傷害罪？這比喻真妙啊，所有人都表示贊同，連楓也在點頭。我也該說些什麼跟她對抗嗎？不行，出軌的一方要是把外遇比喻成什麼東西，無論是文化也好、異文化交流也好，都會被狠狠抨擊至少四分之一個世紀，從以前就是這樣了。

「各位說得沒有錯，我確實跟照片上這位女性見過幾次面。身為已婚人士，我確實把異性之間的親密互動想得太隨便了，真的很抱歉。」

「你是在哪裡認識她的？」

「在陶藝教室。我們公司董事的興趣是做陶藝，我無法拒絕他的邀請，只好跟著去，就在那裡遇見她了。她不僅教我畫畫，對我的工作也很感興趣，後來我們自然就常常聊天，變成了好朋友。」

『霜月先生，原來你已經結婚了。你第一次到陶藝教室來的時候，只是為了轉陶輪而取下結婚戒指，我卻誤以為你還單身，真是太傻了。因為不知不覺間已經喜歡上你，我一直問不出口，但你果然已經有太太了吧。在你的人生當中，打從一開始就沒有我登場的機會。』她這麼說著哭了起來，我一把將她拉進懷裡，緊緊擁著不放手。我無法放手，即使她退出陶藝課之前無論如何都想送給我的那個手製花瓶掉在地上，摔成了碎片。

「你的意思是，你們並沒有在交往？」

「我並沒有跟對方交往的打算，但身為已經有了楓的人，我確實覺得自己當時的行為非常愚蠢。」

「明明沒在交往，為什麼這麼親暱地說話，還靠得這麼近？」

「即使實際上只有那麼一瞬間頭靠得比較近，光看這張照片自然很容易讓人往那方面聯想，我也明白這沒有辦法。就算是發生在短短一瞬間的事，如果只看被截下來的這個畫面，也不能怪罪旁人會那樣想，我覺得自己還是必須反省。」

哈姆哈姆先是目不轉睛地凝視著我，然後把那張牽手的照片往旁滑開。底下露出的那張照片，是我和星野小姐在明亮路燈照耀的馬路上接吻，除此之外還有業務部的藤井小姐和我一起走進賓館的震撼照片。

凝視著照片的我直起前傾的上半身，深深坐進椅子裡。我要冷靜，像諮商中的精神分析醫師那麼冷靜。別說太多話，不要自掘墳墓。

我帶著老實的神情想了一會，靜靜開口。

「這張照片也沒有錯。現在我心裡滿是不知該如何道歉才好的心情，讓楓這樣擔心，我真的只能自我反省。」

「她不是擔心，是憤怒，對吧，楓？出軌還劈腿兩個情婦，算上楓就是劈了三個女人，你還真敢做出這麼無恥的勾當啊。老實說，你這個人真是讓我噁心得想吐，你到底要背叛楓到什麼地步才甘心？」

哈姆哈姆的聲音壓得像爬過地面一樣低沉，好恐怖。

「看到這些照片的時候，我們也驚訝得說不出話來，對吧，老公？我們根本沒想過你的出軌對象居然有兩位，而且這位不是還跟你在同一間公司上班嗎？對方那位女性當然也做好負起責任的覺悟了吧？」

聽見千尋這麼問，我一時語塞。藤井小姐在工作場合表現非常優秀，無論面臨什麼狀況都面帶笑容，不僅工作能力出色，還擔負起團隊中開心果的角色。面帶像三歲小孩那麼純真的表情，用三歲小孩絕對講不出來的正向發言鼓勵大家，是個冷靜又自制的人。這樣的人怎麼可能不累積壓力呢？當她來找我討論業績問題的時候，以我的職位比較能替她謀求方便，我便盡力思考該怎麼幫助她，不知不覺間自然演變成了那種關係。

「雖然這麼做很卑鄙，但我並沒有對她透露太多隱私，所以藤井小……那位女性對我也所知不多，她在這件事上沒有責任。這一次也仍然是我該負責。」

突然湧上一股想笑的衝動，我攏出來的老實神情即將崩塌。在壓力高到極點的場合，我有時候會像這樣忍不住想笑，這一定是一種防衛機制。面具永遠都是在這種時候被剝下，不過沒關係，我永遠都站在我自己這一邊哦。

「你真像個吸女人血維生的吸血鬼，應該說是惡質的蚊子。你根本把女人當成徹頭徹尾的傻子吧。」

楓咬牙切齒地斷言。礙於立場我不便反駁，但我絕不是那種男人。我看見迷人的女性會感到心動，但那是憧憬、崇拜的感情，一次也不曾覺得她們是傻子。楓以前喝得爛醉的時候也曾經說出「反正我就是個走不出童年陰影又有戀父情結的小孩」這種話，當時我也告訴她，用那種方式回顧過去不好哦。無論在什麼場合，自虐、傷害自己都不是好事，揮舞的刀刃不只會傷到自己，也會下意識傷害到身邊的人。不過度苛責自己、也不過度責備他人，安穩愜意地生活，不累積壓力，為自己預留退路的生活方式才是最好的。

「我有個單純的疑問，你為什麼要做出這種事？」

楓筆直凝視著我，目光刺痛我的胸口。

「至少，我不是希望事情演變成這樣才這麼做的。」

「這不是當然的嗎？」

哈姆先生滿不客氣地拆我的臺，除了我以外的所有人紛紛點頭。

「該說悲傷嗎？我確實感到丟臉，覺得自己為什麼是這種人。我每天都想著盡快跟對方斷絕關係，卻優柔寡斷地拖到了今天。一方面也是想忘掉工作上的壓力吧。但現在回想起來，這只不過是一種逃避而已，所以我想從這個瞬間開始洗心革面，重新來過。」

「聽起來很虛偽啊。」

哈姆先生喃喃說道，毀了我前面所有的辯解。

「大家會這麼想也沒有辦法，但只要看見我從今以後對待楓的態度，各位一定能明白我已經痛改前非。我會改過自新，竭盡全力營造出楓在結婚前想像的理想夫妻關係。」

婚後我總是不知不覺把這件事往後拖延，只顧著忙眼前的工作和無聊的玩火行為，但現在，我有了面對楓的勇氣。我自知婚前婚後態度有所轉變，這段時間一定讓楓感到相當寂寞。這次的事件確實非同小可，但拜此所賜，我就像被雷劈到瞬間恢復記憶一樣，全身洋溢著幹勁，我彷彿隨時都能回到以前的自己，再全力追求楓一次。

「為什麼你還有辦法全心相信自己會被原諒？臉皮簡直厚得嚇人。我原本想揭穿你的本性、打破你的外殼，但現在看起來暴露出來的根本是一片光滑、沒有眼睛也沒有鼻子，像剝殼水煮蛋一樣的臉，讓人毛骨悚然。該說是過於明亮的黑暗嗎……」

「楓，那麼富有詩意的形容，用在我身上太浪費囉。」

門突然打開，頭上包著頭巾的孩子們發出歡聲跑了進來，打斷了我、楓和哈姆哈姆的對話。他們可能真的很喜歡那些火箭筒水槍，即使進到室內把水倒乾淨了，也還是把它們抱在懷裡，嘴上發出「砰砰砰」的聲音，像游擊兵一樣朝著面色凝重的大人們猛力開火。

「不是告訴過你們不能上樓嗎？好了好了，趕快去樓下玩。」

「紗良說她想喝麥茶。」

「我知道了，麥茶放在保冷袋裡，我拿給你們。不好意思，我們下樓一下哦。」

原本就顯得坐立難安的河原夫婦拿小孩子當作藉口，像孩子們的僕從一樣走出起居室。感恩這些小救世主們，那我也就此告辭——我正想從椅子上抬起屁股，但楓、哈姆哈姆、哈姆先生三個人坐在原位，不動如山地凝視著我，於是我又坐了回去。能夠逃出生天的只有河原夫妻，我們接下來才要開始第二回合。

「老實說，看到哈姆哈姆和千尋的孩子日漸長大，總是讓我很痛苦。看到妳們的小孩成長當然開心，但我總是忍不住拿自己跟妳們比較。我認為在夫妻之間的各種疑慮還沒解決之前不應該生小孩，可是心裡又沒辦法完全放下，真的很對不起。」

楓語氣憂傷地說著，我面上不動聲色，心裡卻大吃一驚。

看來這兩、三年間，她的想法有了許多改變啊。我可還沒忘記剛結婚的時候，楓在飯店酒吧眼眶含著淚對我說：「我確實也有點想要小孩，但現在我們兩個人的關係太美好了，一想到有可能破壞它就教我害怕。這段時間這麼浪漫，讓我發自內心感受到被愛，我還想品嘗得更久、更久一點。」我想，我能為成日工作、身心疲憊的妳提供的，就是結婚之後也一直像熱戀情人般濃情蜜意的氣氛。

幸好比起帶小孩，我應該更擅長營造這種氣氛，這些年我也為此傾盡全力地努力至今。和妳待在一起的時候我連一個屁都不放，每次使用廁所後都會稍微清洗過，在對話即將演變成醜陋爭吵的時候率先閉上嘴巴。我知道，營造甜蜜氣氛需要的不是各種甜言蜜語和肢體接觸，那些當然也不可或缺，但最重要的是徹底摘除所有令人掃興的要素。為了不讓愛摸腹肌的妳失望，無論在多想喝個啤酒倒頭就睡的日子，我也從來沒荒廢過重訓。要是早點告訴我妳的想法已經改變，那我也不用再喝難喝的高蛋白了。

「不需要為了這種事道歉喲，我很能理解楓妳的心情，妳一直為了這件事非常苦惱嘛。在這點上霜月先生也很過分，楓有時候確實比較愛做夢，但在她本人也沒有察覺的內心一角，她還是最渴望家庭般溫暖的愛。你根本沒有察覺她這些微妙的想法吧？」

妳是楓的手偶嗎？軟弱的楓有個朋友在身邊替她說出所有不想說的話，正好樂得輕鬆；愛管閒事的哈姆哈姆正好能嘰哩呱啦對人說教，沉浸在正義感當中，還真是一對好搭檔。

哈姆哈姆或許不像我想的那麼壞，她對我態度冷淡至此的理由或許本人也並不清楚，這一切只是因為楓的存在而複雜化了。

「我真的太自私了，沒有察覺楓的心情，都是成年人了，做事卻還像小孩子一樣輕率。就算工作壓力再怎麼大，我也不該依賴楓和其他女性來發洩自己心中的鬱悶，我感到非常抱歉。」

雖然嘴上道歉，但在生小孩這種敏感話題上也被定罪，我開始感到厭煩了。各位，不如這麼陰沉的話題我們就暫且打住，來聊聊更有趣的事吧？

讓我告訴你們，搞外遇最需要的第一是體力，第二還是體力。外遇是一項運動競技項目，把我們想成運動員就沒錯了。回家之後不可能半夜再從家裡溜出去，所以只能趁著下班回家時繞到外遇對象家裡。幸好楓時常工作到深夜，有時候週末還會臨時因業務需要而到公司上班，我會抓緊這些空檔行事。當然，這麼一來不僅睡眠時間減少，獨處的時間和金錢也都會變少。

我們必須有足夠的力氣，拋開「好想耍廢、好想再多睡一秒也好」的心情，從一張床轉移到另一張床。蜜蜂真讓我羨慕，花卉總是好幾朵聚在同一個地方開放，牠們只要動動翅膀就能從一朵花移動到另一朵。我移動得靠著電車或計程車，而且絕對不拿收據。

要是無法擁抱其他女人，那我就跟不載客的計程車司機沒兩樣。我專載共乘乘客，隨時都想亮著「空車」燈號。要是一直亮著紅色的「客滿」文字反而很卑鄙吧，我的副駕駛座上確實只坐著妳一個人，但後座還能再坐兩位。

這不是你們想像中，和年輕女生上床很爽、私會情人的悖德感教人上癮那種低次元的感情，而是更加自律克己的行為。發現世上男人們哀嘆再怎麼努力也得不到的情境，自己只要花點功夫、集中精神就能到手時那種微微的驚訝。

即使遇見只為了性欲而追求肉體結合的人，我也不會心動。我想和保有自尊心的人，從零展開一段關係。

真的，請聽我說，我不是因為性欲比你們更強才變成這樣的。時勢所帶來的利益造就了我出軌的動機。女性漂亮一點比較吃香，所以每天化妝，但並不是所有女性都熱愛美妝對吧？我這也是同樣的感覺。

每天早上化妝，每一餐斤斤計較熱量，把好不容易賺來的錢花在美容和買衣服上，這種努力究竟有什麼意義？這和我信步走進餐廳或酒吧，一面想著這種努力究竟有什麼意義、一面和那裡的女人搭話，是同一種空虛感。這種「漫無目的的努力」朝向某個結果邁進的幽會之夜，就是我短暫獲得療癒的時刻。

「我們真的無法理解，為什麼你有辦法背叛像楓這樣乖巧、優秀又富有魅力的女生？很抱歉涉入你的隱私，但徵信社交給我們的外遇對象相片和個人檔案我們都看過了。這麼說有點失禮，可是楓比她們都漂亮得多，也更有內涵吧？你到底是有什麼不滿才做出這種事情？」

在同性眼中也堪稱完美、無懈可擊的人，卻被我這樣沒救的人追到手——請妳再深入思考一下這件事吧。也就是說，社會上存在著平常藏在檯面下的「弱肉強食」的規矩，而孰強孰弱與外界普遍的評價高低無關。站在陽光下的人不一定永遠堅強，倒不如說這種人的自信和單純往往成了他們的絆腳石，一旦被盯上反而脆弱不堪。

還有，我並沒有盯上她，是她主動來接近我的。真要說起來，就算我和她的關係真的完蛋了，我也立刻就能展開下一段感情。我的愛情故事不是一部一部的連續劇，更像是電視局專門播放連續劇的時段。換言之，一部愛情故事結束之後，連喘息的空檔都沒有，下一期新劇便會立刻緊接著上演。你覺得這樣的人生很幸福嗎？完全沒這回事，我已經累了，卻改不掉。

因為這是我的自我認同。

是我賴以維生的手段，是罪欲深重、支撐我活過明天的能量，所以我一輩子無法失去它。

優點和缺點之間存在著確切的關聯，一旦失去其中一方，另一方也會隨之消滅，這就是人類最大的因果。

不是有人會說，「可惜那傢伙愛喝酒，不然真的是個好人」嗎？錯了，正因為他喝酒，所以才有辦法一直當個好人。同樣的原理，我也是因為搞外遇，所以才總能抱得美人歸。這機制就像是停止踩踏板，腳踏車便會停下來一樣簡單。

到最後，還是交往前雙方互相試探的感情博弈對我來說最為精采，對於榮獲女性判定合格之後的結婚生活，我或許沒有太大的興趣。感覺有人會驕傲地嗆我：「這你倒是在結婚前先注意到啊！」但我還單身的時候對於小倆口的蜜月生活也滿懷著夢想，我是真的沒注意到。不過即使現在已經察覺這點，假如跟楓分手之後還有機會，我可能也會再一次夢想著「我理想中永不厭倦的夫妻生活一定存在於世上某個角落」，然後再一次走入婚姻吧。

「霜月先生明明已經不年輕了，為什麼不管到幾歲都還是這副樣子？老實說，在你們結婚前我就聽說過你是個花花公子了，當時就懷疑你作為楓的結婚對象到底適不適合。原本還以為結婚之後，你在這方面也會有所改變的。」

「只想靠嘴上敷衍一下，謊言被揭穿之後就毫無誠意地道歉，你難道沒有良心嗎？你為什麼有辦法如此簡單地背棄婚姻這麼重要的契約？」

她們兩人的追擊交織成二重奏嗡嗡作響，我的頭越垂越低。

「我很抱歉，這麼說聽起來或許很虛偽，但我真的對自己感到厭惡，也非常後悔做出之前那些行為。」

「你都被罵到這個地步了，為什麼不生氣？」

楓以哭過後的鼻音提出這單純的疑問，我露出苦笑。

「哎，畢竟妳們說的幾乎都是事實。我就像妳們說的那樣，是個沒出息的男人。」

事實上我的自尊已經千瘡百孔，再不增加一個劈腿對象就無法維持精神安定了。然而，要把受傷的模樣也營造成魅力的一部分，就不能在人前顯露出真正受到傷害的緊迫感。必須把傷痛更委婉地包裝起來，否則會嚇到像楓這樣愛做夢的女性。

「哎喲，嚇死人。你一開始堅稱沒有劈腿的時候高高在上的態度到哪去了，現在倒是乖巧可憐地裝出受害者的樣子。」

那邊那位很吵哦。哈姆哈姆，現在擺出一副審判長架式的妳，以前也有著罪業深重的一面。妳這輩子最迷戀的男人不是現在的丈夫哈姆先生，而是在那之前交往的那個死魚眼的帥哥。那男生身材瘦瘦高高，頭髮眼珠子顏色都偏淺，五官俊俏，卻是個小白臉浪客，一副「在下就是不想工作」、「拙者浪跡世間只求輕鬆寫意」的樣子。我和楓剛認識的時候，哈姆哈姆已經和那個帥哥交往了四年半左右。

我們四人曾經一起到千葉玩，看現在哈姆哈姆這副樣子絕對想像不到她當年對男友的獨占欲表現得多麼明顯，她在青年旅館和男友親密放閃，根本不顧旁人目光。那時候青年旅館辦了讓所有住客一起互動的聯歡會，提供年輕人彼此交流的機會，哈姆哈姆這麼做，一方面也是為了牽制在場的其他女生吧。

吃過晚飯之後，一名房客抱著吉他開始唱起歌來，大家紛紛入座，但椅子少了一張。哈姆哈姆稍微猶豫了一下，便往她瘦得像竹竿的男友一側大腿上輕輕一坐。

動作再怎麼輕，該重的部分還是很重。她男友體型那麼瘦削，哈姆哈姆又那麼魁梧，那副情景看了都讓人擔心他支撐著哈姆哈姆全身體重的那條腿會不會骨折。女方或許也意識到了這點，所以很客氣地只坐在膝蓋最前端的部分，導致畫面看起來更加岌岌可危，就像一隻吃得太營養而長成龐然巨物的鸚鵡，還是一如往常最愛停在飼主大腿上一樣。

男友在哈姆哈姆厚實的背後露出猙獰的表情，卻也沒叫她滾，而是一動不動地忍了下來。女人誤將小白臉這樣的忍耐力當作是溫柔體貼，一定會重新愛上他吧。

她大可以往大腿更深處坐，卻因為不必要的顧慮而坐得太淺，導致哈姆哈姆全身的體重都壓在男友膝蓋的最前端。最後男友的腿終於不堪重負地垮了下來，哈姆哈姆以相當於吃剩的漢堡被丟進垃圾桶的速度掉落地面，發出響亮的落地聲，但幸虧吉他彈唱正好進入副歌，周遭所有人都沉浸在吉他青年大方悠揚的美聲之中，沒有人注意到哈姆哈姆的摔跤表演。

哈姆哈姆悄悄環顧周遭，確認沒有人看見而鬆了一口氣的時候，對上了我的視線。沒錯，我看見了。

在那之後，她那個男友就職沒多久就辭掉了好不容易找到的工作，哈姆哈姆於是四處尋找條件良好的職缺，簡直像替自己找工作一樣。那段期間她在經濟上、精神上都支持著男友，半年後終於替他張羅到在新宿一間鐘錶店工作的機會。然後，他們倆沒多久就分手了，因為男方在新的職場上交了個新的女朋友。哈姆哈姆也很堅強，沒過半年就找到了現在的老公，順利直奔禮堂。她精打細算地找到了大腿怎麼坐也坐不垮的男人。

我知道哦，哈姆哈姆，妳在跟那個男人分手之後徹底捨棄了浪漫愛情，到現在還無法拋下那份渴望，所以看見我談著夢幻閃亮的戀愛才忍不住嫉妒吧。

在千葉那間青年旅館，妳在大家圍坐成一圈的時候，當著其他房客的面邊喝酒邊笑著對我這麼說：

『楓，不如妳今天就跟霜月先生講清楚啦，說他明明是個男人還擦粉底很噁心。』

除了楓以外所有人都大爆笑，我也一笑置之，憋住心裡大喊「那不是粉底！是防止出油的蜜粉和遮瑕膏！」的衝動。妳一定想像不到，當時二十幾歲的我對於自己的痘痘肌有多困擾。

「怎麼啦，霜月先生，怎麼突然沉默了。不要再裝好人了，想說什麼就好好說出來啊。」

「不好意思，他在重要場合容易緊張，話比較少。」

看見楓代替我道歉，哈姆哈姆散發出微量的煩躁電流。相反地，我從楓的語氣中嗅到母性本能的味道，嗅到了可乘之機，不對，是她對我的愛意。我還有機會。

「是這樣嗎？雖然擺出一副垂頭喪氣的樣子，但他的個性根本沒那麼乖巧，遠比這強韌得多吧。哎，你說話啊。這裡不是你家，別以為閉上嘴保持沉默大家就會放過你。」

即使哈姆哈姆這麼說，我實在是疲憊得說不出話。在座的各位或許沒注意到，但你們已經連續罵我罵了兩小時以上，我感到疲勞也很合情合理。也差不多該端個茶水上來了吧，我在腦海一角這麼想，但這也不是我能提出的要求。

他們或許是初次經歷這種事，但我儘管不樂意，其實面對致歉場合也已經身經百戰，熟知中斷這種 torture 的時機。當他們連珠炮般的提問逐漸失去氣勢，我依然態度真摯地回答，同時磨蹭雙腿、難以控制地稍微抖幾下腳，然後難以忍受似地出聲說：

「那個，不好意思，我知道在這種時候不該提這個，但我能不能去一下洗手間？」

我露出有點沒出息的表情看向楓。她哭腫了眼睛，下眼瞼跑出平時沒有的皺紋，聽我這麼說猛然回神似地點點頭，應該是覺得讓我忍受生理現象太殘忍了吧。沒錯，無論是誰都沒有權力阻止別人的尿意。

洗手間裡散發著除臭劑的濃濃南國椰子味，我用腳底狠狠蹂躪那條精心洗滌乾淨的毛茸茸奶油色地墊。

我有潔癖，掀起馬桶坐墊總是讓我害怕，不知不覺間便養成了坐著小便的習慣。掀開馬桶坐墊，特別是別人家的馬桶坐墊，就像兒時回憶中在夏天掀開公園陰影處那顆大石頭，窺探底下奧秘一樣需要勇氣。

但我今天有點自暴自棄了，抱持著一股好奇心掀起了坐墊。哎喲，這不是一塵不染嗎，看來因為有客人要來，清掃得很仔細嘛。不錯哦。

不過我最後還是把坐墊放回原位，坐著上了廁所，下半身沐浴在小窗戶照進來的日光裡稍作休息。這是個整潔又舒適的空間，要我接下來再回到剛才那個地方去，我還寧可變成小人，化身借物少年小霜月住在這裡。

不然從這扇小窗爬出去，把兩條腿撐在隔壁家和這棟房子之間慢慢降下地面也可以。孩子們在一樓玩耍，嘻嘻哈哈的笑鬧聲從這裡也聽得見。要是得這樣回到起居室履行身為罪人的職責，我真的不如光著腳逃進住宅區，心情還比較輕鬆。

話雖如此，一直把自己關在廁所尿遁也太沒出息了。我沖了水，穿上內褲，不經意抬起視線。咦，鏡子怎麼像藏著輝夜姬的嫩竹一樣閃閃發光啊？鏡中自己美麗的容顏奪去了我的視線。我怎麼就這麼帥呢？被眾人欺負過後，嚴肅中隱含憂傷的神情浮現在這張五官楚楚動人的瓜子臉上，像蓮葉上浮現的露珠，引人愁緒。最大的勝因果然還是在於我眉毛和眼睛之間的距離絕妙地近，還有修長清秀的眼尾營造出凜然又清澈的眼神吧。由於剛才努力維持體面的關係，眼睛也溼潤得恰到好處。

現實就是這麼殘酷，老實說論膚質我確實比不上楓，但我這張臉長得比楓好看一百倍。太上相啦！帥到不行！為什麼如此英俊瀟灑的人會被關在這麼無趣的房子裡遭人圍剿呢？不，那些人或許也受到社會上低迷的氣氛影響，脾氣有點暴躁也說不定，全都是疫情的錯。雖然哈姆哈姆說我已經不年輕了，但我看我還寶刀未老啊。世上大多數人還真可憐，居然和生來就擁有這張臉的我活在同個世界上……整形什麼的根本算不上作弊吧，遺傳才是真正的作弊。

我從洗手間出來，稍作喘息之後打開起居室的門，看見楓正在哭泣，哈姆哈姆抱著她的肩膀，氣氛比剛才更加不祥。我真想悄悄關上門，再一次回到那間南國廁所去。

「不好意思，耽誤了一點時間。」

「沒關係，拜此所賜，楓似乎也終於下定決心了。」

楓和哈姆哈姆對看一眼，使勁點了個頭，睜著盈滿淚水的眼睛直直看向我。

「關於今後的打算，這是我做出的結論。」

我看了看楓放上桌面的文件，那是一紙離婚申請書。

離婚?!

「這次這件事完全該請求離婚賠償，所以我屢次勸楓該告的就告，一定要讓霜月先生好好拿錢出來。楓卻說她不需要錢，只要能離婚就好。」

哈姆哈姆態度堅定地說到一半，突然「嗚」地哽咽起來。

「我跟她說，妳要是連這麼一點賠償金都不跟霜月先生和他那些情婦拿，他們是絕對不會反省的。但楓太溫柔了，嗚，她說為了霜月先生的未來，她也不想把事情鬧大……」

呃，等一下，我還跟不上狀況啊。

「我希望能以迅速成立離婚為第一優先，因此不會在乎賠償金的金額。至於共同財產如何分配，我們就之後再詳談吧，但我是外遇的受害者，所以請你記得，分配比例將會對我有利。」

楓凝視著我，毅然決然說道。我沒料到楓有勇氣做到這個地步，只能使出在洗手間花了兩秒左右想到的「都是疫情的錯」戰略。

「等一下，現在做出結論不會言之過早了嗎？現在這種情況，社會局勢太不穩定，不適合做出攸關未來的重要決定。我們夫妻也受到了疫情影響，變得比平時更神經質。確實是我做了錯事不對在先，但完全不給我補償的機會就這麼一刀兩斷，未免留下太多遺憾了。最近時常聽說『新冠離婚』的情況越來越常見，但我認為遇到危機時夫妻更應該一起克服，所以聽了總覺得荒謬。這次籠罩全球的困境，突顯了個人之間細微的想法差異，每次頒布緊急事態宣言都讓人累積怨氣，每次與人見面都擔驚受怕，唯恐自己也感染到病毒。和如此龐大恐怖的外在壓力相比，我們夫妻這樣微不足道的存在根本無能為力。」

「霜月先生，你這麼說就不對了。你的想法根本不成熟。」

哈姆先生忽然開口。

「聽你太太這樣說下來，我根本不認為這次的問題跟新冠疫情有任何關係。當然，有些問題或許是因為疫情才浮上檯面，但這件事的關鍵不在於疫情，而是更根本的道德和良心問題才對吧。」

長得像顆馬鈴薯的哈姆先生，突然做出充滿龍葵鹼毒素的過激發言。我跟你幾乎素昧平生，只有彼此的太太是摯友這層關係，你又何必說得這麼難聽？我就不能稍微把責任歸咎到新冠疫情上嗎？

其實，我搭車上班前曾經在車站附近看到過哈姆先生。我知道哦，當時是冬天，新冠肺炎剛出現在各大媒體上不久，社會上開始為了口罩和衛生紙供貨不足而騷動，那時候你就吹著寒風，站在藥局長長的隊伍中排隊。你一定是奉著這個恐怖太座「口罩和衛生紙能買多少就給我買多少回來！」的命令去補貨吧，外面本來就這麼冷，站在那無論立刻得了感冒還是新冠都不奇怪，你卻直挺挺站在原地，滑著手機忍耐，我看了就想，你一定是個好丈夫、好爸爸。但那個時候，我可是奉著

「堅決反對囤積口罩」派的楓的命令，只能戴著煮沸消毒過無數次縮水縮到無以復加的安倍口罩[4]！那口罩本來就那麼小了，還縮水！同樣有個強勢的太太，我還當你是同病相憐的好夥伴，沒想到你居然背叛我。為什麼不能說是這些新冠疫情相關的細小壓力和忍耐，堆積到最後破壞了夫妻感情？我們同樣是身為人夫的立場，你卻對我落井下石，我真是看錯你了！

「老實說，我也感到困惑。霜月先生說起話來給人的感覺相當成熟，我也不覺得你會是這麼孩子氣的人。沒想到深入瞭解之後，你居然有這麼幼稚的一面。」

幼稚嗎？大家確實都很偉大，長大成人結婚之後便乾脆地放棄了其他戀愛的可能，養育孩子，比起男女變得更像是爸爸和媽媽。可是你們的浪漫細胞，比起單身時也退化了不少吧？

4. 二〇二〇年，安倍晉三內閣為因應疫情下的口罩短缺問題，向所有家庭發放兩個布製口罩。因口罩尺寸過小而一度引發熱議。

「如果要說疫情的話，你居然在這種疫情蔓延的時候還和出軌對象見面，也是我下定決心離婚的一大要因。你難道就沒想過，假如和你見面的那些人感染了新冠肺炎，有可能也會傳染給我嗎？你明明知道我有多害怕被感染。你們之間當然有肉體上的關係，那絕對是密切到不能再密切的接觸者了吧？」

楓挑明了這麼講，我的自尊粉碎一地。現在的情況與剛才不同，楓已經對我發出離婚宣言，這些話刀刀刺中心坎。我說啊，即使對方是小三，上床的時候不親嘴也不脫口罩只顧著辦事，妳真的希望自己的丈夫是這種人嗎？連內褲都脫了卻不脫口罩才奇怪吧？假如在那種時候只有下半身和人家連結在一起，對方一咳嗽就微微別開臉，堅決不接吻，還理直氣壯地說「親嘴會感染新冠病毒所以我不想親妳」，妳當真希望自己的丈夫是這麼薄情的男人嗎？

哈姆哈姆夫妻也是，你們會不會太囂張了一點？哎，雖然這種話我當然不會真的說出口啦。但剛才那個生日蛋糕上，根本噴滿了小孩的飛沫吧？我要是真這麼說，大家絕對會痛斥我居然拿純真孩童的慶生儀式當作和小三搞外遇的擋箭牌，我也這麼覺得，可是病毒對任何人都一視同仁吧？聽說幼兒無症狀感染的比例還更高對吧？病毒是不會為小孩通融的吧？

「你就沒想過做出這種事有可能把病毒也傳染給我嗎？難道就沒有為我的身體著想過嗎？」

因為我和那些對象都很小心防疫啊，被說得像壞菌一樣真教我心寒。

說得好像只有搞外遇的人在傳播病毒似的，這不就像疫情初期，新聞報導得好像只有夜間營業、提供酒類的商家造成疫情擴散一樣嗎？無論什麼時候，大眾眼中不正經的群體總是首當其衝被拿來開槍，可是啊，只要人與人之間有所互動，感染在哪裡都可能發生吧？舉個近在眼前的例子，此時此刻飛沫也很可能從你鼓吹正義的那張嘴巴噴出來，滑進隔壁那個人的肺裡，只是因為看不見所以沒人知道。呼吸同樣的空氣、使用同樣的物品，卻希望不要碰到病毒，那未免想得太美了，根本不可能。

話雖如此，這些話我卻也說不出口，因為我隱約察覺自己一定搞錯了什麼，這套理論有著致命的缺陷。但像我這樣的人看不出缺陷在哪，也不打算細究。甚至出生前我就知道這些枝微末節的事情不必在意，隨心所欲地生活，意識自然就豁然開朗，神清氣爽。

不過話說回來，我真不該主動提起疫情的話題，一回過神來我已經完全屈居劣勢了。

「楓小姐一直以來的辛勞我們都看在眼裡，聽她說最近霜月先生根本不打算掩飾，名目張膽地跟外遇對象見面，我和太太都非常生氣。我們原本打算一起幫助她剝下你虛假的外皮，但現在看來這皮太厚實，剝不太下來啊。」

哈姆先生這麼說著，晃動肩膀自嘲地笑了一下。我已經被逼得如此脆弱不堪，他卻好像還不滿足，要我說的話還是他的精神力強韌得多。哎，你說說看，虛假的外皮該怎麼剝下來？像摔角選手的面罩一樣整面揭下來？還是它已經跟皮膚融為一體，得用小刀削下來？

「但因為楓說要你現在立刻在這裡簽下離婚申請書太殘忍了，所以今天請你先簽署承認自身過失的備忘錄。這份備忘錄由楓的律師製作，上面記載著你承認確有外遇情事，以及承諾將與楓積極討論離婚事宜的文字。」

「就是這份文件。」

哈姆先生取出文件，動作流暢地放到桌上。

該不會已經死棋了？

我知道藝人爆出外遇後會在新聞上被各種抨擊，但我總覺得這就像群起批鬥一個人一樣令人反感，所以從來不看這類報導。要是加減看一點，或許就能獲得一些這種時候該怎麼辦才好的靈感了。我和他們一樣，沒有劇本就說不出半句精妙的話。

我確實搞了外遇，而且還搞了很多次。當憤怒的群眾準備朝犯了姦淫的婦女丟石頭，耶穌對著民眾說，「你們中間誰是沒有罪的，誰就可以先拿石頭丟她」，民眾聽完就不丟了。但現在聚在這裡的這些人，聽了這句話想必會丟得更起勁，拿著石頭瞄準頭部擲出更快的高速球吧。

在場除了我以外的所有人真的都對配偶忠貞不二，我光聞味道就知道。他們多半覺得自己想要的話還是可以出軌，只是保持著理性而沒有這麼做，但實際上就算他們認真想劈腿，大概也做不出這種事。

當一個人渴望在白晝的陰影處與人連結，找人共同分享略微偏離現實世界的扭曲時光，他們會散發出一眼就認得出來的獨特誘惑力，彷彿在那張自我介紹的笑臉背後養著一隻皮笑肉不笑的狐獴。在心靈深處豢養著不尋常的寵物這點和愛好政治謀略、性格惡劣的傢伙們相同，但使用下半身的類型會更陶醉地寵愛那隻狐獴，溺愛牠、放縱牠為所欲為。

現在包圍我的這些人沒在自我的暗處養什麼寵物，他們頭頂上只飄浮著天空和雲朵，自成氣候。要是遭人擅自玩弄感情，那片天空陰雲密布、下起豪雨，他們便不甘心地朝對方丟擲石頭。

只不過啊，這跟你們沒關係吧？

就算有權力這麼做，一般人會蜂擁而上，群起行使它嗎？

這也算是一種暴力吧，無論丟石頭、謾罵還是厭惡。

我握著原子筆，淚水不禁盈滿眼眶。

不難想像，一旦在這裡簽了字，往後將對我相當不利。但只要還有任何一點挽回楓的機會，我就不能在她面前表現出更多徒勞的掙扎。

如果說必須到別處吐出渣滓才得以維繫的溫柔是虛假的，那麼我只擁有虛假的溫柔。可是，如果說我心底真正愛的只有妳一個人，那也是騙人的嗎？

若說我只愛著楓一個人，那確實是謊言，但「我最愛的人是楓」是千真萬確的真話。我喜歡她嘴上抱怨，卻毫無保留地信任我、一路跟著我走到今天；喜歡她時而有點脫線的發言，喜歡她總是太認真鑽牛角尖，也喜歡她在緊要關頭鼓起勇氣付諸行動的堅決果斷，說我仰慕著她也絕不誇張。即使工作上忙得焦頭爛額、灰心氣餒的時候，她仍然願意正面迎向挑戰，這樣的毅力使我為之傾倒。

曾幾何時，我失去了陪伴嚴以律己的妳繼續走下去的力氣，有段期間選擇了逃避，但那絕不是因為討厭妳。我只是為了在妳面前繼續為妳提供一如往常的我，而試圖在別處取得平衡而已，但我採取的方法實在太過拙劣，結果反而傷害了妳。

或許正因為我在私生活當中也總是像這樣繃緊神經，所以才會轉而向其他人尋求喘息的空間。不，不是這樣，這只是藉口，我心知肚明。我沒有必要拿藉口搪塞自己。

淚水模糊了我親筆簽下的「霜月一誠」四個字。今天這場公開離婚連 YouTuber 看了都會面色鐵青，我們的關係用這種方式結束，妳真的無所謂嗎？簡直就像驚聲尖叫著設法把蟑螂趕進了衣櫃角落，卻連看見牠慘死的模樣都百般嫌惡，還特地伸長了手臂從最遠處拿著殺蟲劑往牠身上噴。妳口口聲聲說要珍惜的浪漫情懷都哪裡去了？拿去送人了嗎？

「哎，楓，我不會拒絕的，我會在這裡簽字。可是我對妳的心意從交往以來從未改變，我一直愛著妳。我現在發自內心感到後悔，我不應該輸給自己的軟弱，而尋找其他對象來逃避現實。很長一段時間，我都把忙碌的日常生活當作藉口不斷迴避，不敢認真面對妳。可是，假如妳還願意再給我一次機會，我絕對不會再重蹈覆轍。雖然這麼說很丟臉，但直到被逼迫到這個地步我才發現，這世上沒有任何事比失去妳更令我害怕。」

哈姆哈姆和哈姆先生全力翻著白眼，然而楓那雙籠罩著陰影的眼睛再一次產生動搖，一線光芒照進其中，眼神又開始取回了生機。沒錯，那道光名為希望。即使全世界的人都對我說的話嗤之以鼻也無所謂，只要它還能持續感動楓一個人就好。

我默默在備忘錄上簽完名，站起身來。

「名已經簽好，我就在此先陪了。」

楓正想從沙發上起身，哈姆哈姆制止了她。

「我去吧，楓妳在這裡等就好。」

哈姆哈姆一副警戒心ＭＡＸ的樣子站起身，其餘兩人也點點頭。

她沉默打開起居室的門，招了招手準備帶領我下樓。最後一關果然是這個大魔王啊，都押著我簽了離婚申請書的備忘錄，現在還要盯著我嗎？不過很可惜，妳再怎麼盯也盯不到床上的哦？我的決勝之地不在這裡，等到我真正和楓兩個人獨處，全世界只剩我們兩人的時候，才能決定她將和誰命運與共。那沒有任何道理能夠解釋，而是一種本能。

楓會使我屈服。你一定以為情勢相反吧，你一定會猜是我在夜裡征服了她，所以她才無法離開我。不過實情並非如此，當我們裸裎相見時，完全征服我的人是她，正因如此，她的人生將會屬於我。

關上起居室的門，走下階梯的途中，我原以為哈姆哈姆和我獨處時講話會更加惡毒，沒想到她一句話也沒說，也沒有回頭，只呼出了一聲滿足的嘆息。那不是看我不順眼、對我嫌棄到極點而故意想刺激我的嘆息，而是在三溫暖流了許多汗之後覺得「啤酒真好喝」的那種嘆息。這傢伙還真不得了啊。

無論兒時或學生時代，我絕對不會邀請自己討厭的人到家裡來，也不會找他們玩。對方當然也一樣，一旦被他們討厭，他們聊天時就不會找我，會忽視我、趁我不在的時候說我壞話。那個時候，我很害怕自己會逐漸從教室中消失不見，但我現在已經開始懷念那種作風了。看誰不爽就不理他，或是趁他走在路上的時候揍他一頓，正因為表現得這麼一目瞭然，我才能勉力撐過那些複雜的人際關係。但現在呢？在門口用 WELCOME 迎接你，笑臉迎人地招呼你進屋，一進門卻關著你不放你出來，把你修理得遍體鱗傷，放人回去的時候像掃地出門一樣把你趕走。

對了，我是被這個人騙了。真想把在我前方不遠處走下樓梯的這顆丸子頭推下去。

來到玄關，哈姆哈姆停下腳步，居高臨下無言地看著我穿好鞋子。

「今天打擾了……」

我小聲說。或許是半句多餘的話也不想說，哈姆哈姆依然沉默，但她斜睨過來的眼神充滿藐視意味，彷彿聽得見那雙眼睛在對我說「快滾」。妳至少也說句再見吧？怒氣一股腦湧上心頭，我真想好好反嗆這個從頭到尾都趾高氣昂的傢伙。我在腦袋裡左思右想了這麼多，結果為了顧及體面幾乎沒反駁到半句，忍不住詛咒自己的懦弱。

我打開門鎖，踏出玄關。終於脫離這個空間而鬆一口氣的感覺只持續了一瞬間，怒火緊接著一湧而上。我不是有話要對這個雙手環胸、一臉輕蔑地看著我的傢伙說嗎！

我剛張開嘴，門就在我眼前關上了。

老人有害，
老は害で若も輩
年輕太菜

世上人與人之間的齟齬，發生的原因總是千奇百怪。在這東京某年二月五日，題為〈令和正面思考！〉的雜誌訪談製作現場，也正在上演一齣常人無法理解的爭執。

四十二歲的女性撰稿人、三十七歲的女作家，以及二十六歲的男性編輯參與了前述報導的寫作過程，在東京都內的出版社對作家進行訪談。女性自由撰稿人扮演訪談者的角色，向作家提出數個問題，作家一一回答，訪談者同時充當攝影師為作家拍照，訪談在一派融洽的氣氛中結束了。接下來訪談者只要以這場採訪為基礎寫成報導文章，將文字和照片附檔在郵件中寄給作家和編輯，作家和編輯雙方確認過內容沒問題之後便能在雜誌和網站上刊出，一切看似進展得如此順利……

然而作家並不滿意撰稿人所撰寫的報導，將其全文重寫，撰稿人因而勃然大怒，雙方針對是否修改報導文章僵持不下，透過編輯居中聯絡，在郵件往返中不斷堅持己見。作家很晚才檢查原稿，在截止期限當天才對報導文章東挑西揀，導致現在已經完全過了交稿期限，再這樣下去能不能順利在原定期數刊出都很難說。

前前後後已過了四天，期間編輯分別寄信給雙方一下道歉、一下提出折衷方案、一下試圖用無聊的冷笑話緩解氣氛，希望事情能圓滿解決，然而事態一直未見好轉。撰稿人終於不只寫信給編輯，同時直接把信寄到作家的電子郵件信箱，此事迎來了三方勢力的終極決戰。

致綿矢老師　cc：內田編輯

承蒙關照。本來在採訪過後，正常來說我應該透過這一次負責編務的內田編輯與您聯絡，但時間有限，再加上我無論如何都想提出一些看法，因此在此直接跟綿矢老師您聯絡。

我已經拜讀過前幾天綿矢老師您修改的原稿，幾乎將全文都重新寫過了一遍，如果您要這樣撤換全部內容，不禁讓人思考先前的採訪究竟有何意義。以我個人的立場來說，我自認忠實重現了綿矢老師您當天實際的發言，像這樣幾乎將文章內容全部重寫，我的自尊心無法接受。您或許不記得了，但二〇〇九年我與您共事的時候也發生過同樣的情況，讓我有點受傷。因此這一次，老實說也給我一種「又來了嗎」的感覺。

這麼說有點僭越，但原稿遭人過度修改會受到打擊這點，我想作家和撰稿人理應是一樣的。

還有，您似乎在寫給內田編輯的信上提到，「我沒有說過『說到底金錢就是人類的全部嘛（笑）』這種言論，捏造這種不存在的發言，甚至寫進採訪報導當中已經構成了妨害名譽」，但不好意思，我手上還留有採訪時用ＩＣ錄音筆錄下的發言紀錄。如果您不願意公開刊載這句發言，我可以將它刪除，但請您明白，既然有了錄音這項鐵證，它不可能是我無中生有捏造出來的言論。

沙特蘭敬上

致沙特蘭小姐　CC：內田編輯

沙特蘭小姐妳好，妳的來信我讀過了，還真敢寫啊。抱歉，簡直笑掉了我的大牙。採訪報導上最醒目的是我的名字，妳的名字只會用小字寫在旁邊，只不過是修改個內文就這樣鬧脾氣，老實說我還真沒想到。報導上掛我的名字，上面寫的是我說過的話，所以即使負責執筆的是妳，實際文責可以說是由名氣響亮的我獨自負擔也不為過吧？報導裡要是寫了什麼不該寫的，屆時遭到大眾抨擊的也只有我一個人。妳根本無法理解這種孤獨，竟然還敢拿錄音證據什麼的威脅我。懶得多費口舌說服我，直接拿證據打臉了是吧？妳要是覺得這樣就贏過我了，那我真是豈止笑掉大牙，滿口的牙都要笑光，笑死我了。總而言之，請按照我的指示修正原稿，現在需要妳完成的職責僅此而已。

還有，妳在信上說妳「有點受傷」，但收到這麼莫名其妙的反駁，我反而才受傷呢。昨天深夜收到妳的信之後，我傷心得睡不著覺，結果昨晚只睡了三小時，現在想睡到快死了。

我確實正因為創作活動陷入瓶頸而痛苦，而且現在是我生理期前兩天，正值經前症候群，或許比平常更脆弱易感也說不定，但我感到非常受傷是不爭的事實，我要求妳道歉。

綿矢敬上

內田編輯正窩在他一人獨居的家中遠距工作，無比嫌棄地看著作家綿矢和採訪者沙特蘭之間的信件往返。發生這種爭執確實罕見，他不禁拿手機拍下電腦螢幕畫面，卻連儲存都嫌麻煩，最後還是把照片刪掉了。他以前從沒遇過這樣的人，眼前對彼此迭聲說著「我受傷了、我受傷了」的這兩人，說不定就是俗稱的情勒流氓吧。嘴上說著自己有多受傷，卻揮舞著充滿殺傷力的小刀，甚至還想刀鋒一轉挑起對方的罪惡感。

所謂的情勒流氓，是一種自稱細膩敏感，卻遠比普通人還要強大的生物。那些累得心力交瘁、無法繼續工作，只能獨自蘊居在家的人們以生活方式證明了自己真的有著一顆脆弱敏感的心，但情勒流氓卻把自己的脆弱當成盾牌拿起來揮舞，讓其他人閉嘴退縮，再以驚人的速度衝過因此空出的通道，一把奪走想要的工作、將覬覦已久的地位納入囊中，可以想見他們的內心當然是很堅強的。嘴上說著我胃好痛、我好想死之類的話，情勒流氓本人或許覺得這些話真實得不能再真實，然而他們本人的存在，卻證明了他們有著繼續待在現場的膽量，以及搶在別人之前占盡便宜的心機。

這些人為什麼總是只把壞事記得特別清楚，卻立刻忘掉別人替他們做的好事和恩情？

「她們要這樣吵到什麼時候啊。嘖，其中一方就不能趕快給我放棄嗎……」

內田抖著腳喃喃自語。他判斷沙特蘭比綿矢更好溝通，因此沒有經過委婉包裝就把綿矢的話一五一十轉達過去，結果似乎在某個階段導致沙特蘭大發雷霆。失算了，原本他打算完成這個工作就要來喝酒，檸檬堂的沙瓦都已經在冰箱冰得透心涼了。

內田身為雜誌編輯，工作上總是在為自以為品味不凡的大人提供休假日享受奢華生活的各種提案，因此有機會接觸到活躍於各種領域的藝術家，包括藝人、日本傳統文化傳承者、畫家、作家等等。然而雖說是重要的合作對象，他實在無法將那些脫離常識範圍大發脾氣的藝術家視為值得尊敬的人。無論對方多麼有才華，過於缺乏常識的人互動起來還是令他退避三舍。

同樣身為編輯的同行當中，也有人認為藝術家正是因為有著脾氣剛烈的一面，才能產出卓越的藝術作品，因此無論怎麼被辱罵都默默承受。即使對方把筆記型電腦朝他扔過來，在牆壁上砸出一個洞，那個編輯也忍了下來。但對內田來說，那種令人不敢恭維的性格無論催生出多麼美好的藝術，他都不感興趣。他甚至覺得那些人仗著藝術為所欲為，是把自己惡劣的性格怪罪到藝術頭上的卑鄙小人。

之所以這麼說，是因為內田在國中時期繭居在家，高中時加入了以六本木為根據地的不良集團，親身體驗過了內向人和外向人兩種不同類型的社會適應不良。後來他通過高中畢業程度學力鑑定考試，在重考兩次之後考進了國立大學，當身邊同學玩到昏天黑地的時候，他成為背包客踏足世界各地，參加環遊世界一周的船旅拓展見聞，是個充滿上進心的文青。即使看見那些藝術流氓在眼前歇斯底里地怪叫，他也只有「等你在墨西哥目擊過早上稀鬆平常躺在路邊的槍殺屍體再來趾高氣昂地撒野吧」這種程度的感想。

曾經被稱為「千倉狂犬」的他，在出社會之後也學著把想說的話憋在心裡，將內心的利刃好好收進刀鞘，為公司奮鬥至今。他對自己的公司並不算崇拜，只是在各種場合報上自己名字之前總是會說「我是〇〇公司的……」，公司的名號由此逐漸與他自身的驕傲連結在一起，他也努力學著表現出與頭銜相配的態度。這並沒什麼好了不起的，但不可否認，這確實使得他無法對眼前幼稚爭吵的兩人心懷敬意。對於學會了將暴力衝動深藏於心，像個社會人士一樣放低身段，每天安分守己過日子的內田來說，無論對誰都擺出挑釁的態度、利用自身地位仗勢欺人的傢伙，不僅不懂得自我管理，甚至連自我防衛都做不好。這個社會可是比你們想像的要恐怖得多啊。

在那之後，激烈的郵件攻防仍然在內田眼前現場直播，雙方各持己見鬥得不可開交，「令和正向思考」的正字也看不見一橫，內田的疲勞不斷累積。內田腦袋裡壓根沒浮現誰的主張正確、誰的論調有理這些意見，只浮現了「五十步笑百步」、「爭執只發生在同等高度的人之間」這些格言。妳們就沒有更謙虛、更從容、更豪爽地尊重彼此主張的度量嗎？

「我不想再跟傻子耗了。」

在目前的氣氛下，自己做出任何發言都是自找麻煩——內田如此判斷，便開著電腦的郵件畫面滑起了智慧型手機。

打開LINE，有一則來自女朋友的新訊息。「我知道你很忙，但這樣我好～寂寞哦，最近也太少跟我見面了吧？」看完這則鬧彆扭的訊息，內田不感到同情也不覺得她可愛，暫且擱置了這則訊息，打算稍後再回覆。根據女友的標準，情侶間的LINE訊息放置兩小時以上不回就等同於犯了已讀不回的大罪，所以剛交往不久的時候，內田甚至還會在義務感驅使下將智慧型手機裝在防水袋裡帶進浴室，好在泡澡時回覆她的LINE。至於現在，無論女友怎麼哭怎麼鬧，他都會先擱置一下，否則內田覺得自己會瘋掉。工作上得處理那麼多麻煩事，實在沒有餘裕把所有心力都投注在女友一個人身上。

工作不順，私生活也沒什麼樂趣，基本上事事不順。今天特別倒楣，他原以為電費已經繳了，結果根本沒繳，獨居的屋中所有電燈突然全數熄滅，他慌慌張張地一把抓起繳費單衝進便利商店……那不過是三小時前剛發生的事。他並不是連繳電費的錢也拿不出來，只不過手頭上的現金原本就為數不多，現在又要被基本民生支出削減總教他沒來由地不安，於是他對催繳單視而不見，不斷拖延繳費，拖著拖著忘了這件事，最後就被斷電了。不過從便利商店繳完費回來，大約過一小時電力便恢復如常，事情算是有驚無險地落幕。

內田悄悄把綿矢的電子郵件信箱從副本欄移除，寫了一封只寄給沙特蘭的信。

致沙特蘭小姐

承蒙關照，我是內田。這件事似乎給您造成了困擾，實在很不好意思。我十分理解您的不滿，老實說也很能體會您氣憤的心情。但截稿期拖到現在也讓我越來越擔憂，雖然對您非常抱歉，但這一次能不能請您這邊稍作妥協呢？

內田敬上

致內田編輯

承蒙關照。這次合作演變成這種情況，我也感到相當遺憾，但這一次我無論如何也無法退讓。二〇〇九年的時候，我認為自己或許也還不成熟，因此從頭到尾低聲下氣地道歉，完全遵照她的想法把文章改過一遍。然而經過了十餘年的歲月，現在再一次碰到同樣的事情，使我回想起了當時無法接受的心情。

我想由我這一方退讓或許才是成熟的應對方式，但我也有身為撰稿人的自尊。即使我方是要求採訪的一方，我認為持續容忍那種蠻橫的作風對這位作家而言也不是好事。這一次我提出反駁之前已做好覺悟，即便貴公司往後不再委託我擔任訪談者兼撰稿人，我也已經做好了接受這個結果的心理準備。

至於對內田編輯您，我瞭解在截稿期過後還發生這樣的糾紛，您一定感到相當焦急，非常抱歉造成您這麼大的困擾。不過還是請您再稍候一下，等待我們雙方取得共識，我也承諾會盡最大的努力解決這個問題。非常抱歉，但還請您多多擔待了。

沙特蘭敬上

換言之，這兩人的因緣能追溯到二〇〇九年，當時萌發的嫩芽現在盛大地開出了花。二〇〇九年的時候內田才國中二年級，聽完只有「關我啥事」這個感想。

他第一次聽到沙特蘭這個筆名時還以為是個紅不起來的占卜師，沒想到她是自由撰稿人。據說高中時參加過田徑社的她眼神銳利，看似是一位嚴以律己也嚴以待人的女性。她是個有常識的合作對象，閒聊起來親切大方，但從她和善的笑容當中，仍然感覺得出她個性十分認真。鼻梁上那副綠框眼鏡隱約傳達出她對細節的講究，至今內田與她合作過幾次，從來沒發生過這種爭端，因此內田也一時大意了。回想起來，起初委託這份工作時，沙特蘭也在電話另一頭語帶苦笑地說：「哎呀哎呀，是綿矢老師啊。」這麼想來，她當時就多少對這採訪對象感到排斥了。既然如此，不如打從一開始就推辭掉這份委託，但或許她當時也樂觀地認為這一次合作能順利吧。

致沙特蘭小姐　CC：內田編輯

妳好像都沒回覆我耶，還好嗎？

該不會是把我排擠在外，兩個人在背地裡說悄悄話吧？

我剛好有點時間，所以從各方面思考了一下這次的訪談，說到底，〈令和正向思考！〉這標題本身就很荒謬吧？都什麼時候了還在令和，雖然現在的年號還是令和沒錯啦，但我感覺這個詞本身早就退流行了。這是內田編輯想出來的嗎？可以的話，希望你在更正採訪報導的同時，也一併修改這個企劃的標題，改成〈人生百態～綿矢流正向思考～〉之類的就不錯。

下個聳動的標題、用逗趣的方式介紹，這種方式剛開始或許還能引人耳目，但真的能在閱讀完全文的讀者心中留下印象嗎？內田編輯可能還年輕吧，看來你沒考慮到這個層面，真是太可惜了。抱持著輕鬆態度隨手寫下來的東西，內容本身要是足夠優秀倒無所謂，但很遺憾，你的企劃標題缺乏了對作家的敬意。

我記得這一次我的新書資訊也將和訪談報導一起刊載在介紹欄。報導本身要是以目前這種不堪入目的品質刊出，我也無顏面對和我一起製作新書的諸位編輯，甚至是出版社（是知名出版社）的諸多合作對象。為了對他們有所交代，你們再不修正報導我會很困擾的。

綿矢敬上

矛頭莫名其妙轉向了內田這裡。爭吵的雙方吵到最後僵持不下的時候，往往會莫名緊咬住一旁觀戰的第三者問：「所以你呢，你站在哪一邊?!」當雙方逐漸疲憊，對於彼此遲遲不肯退讓半步的狀況感到無力，激烈纏鬥到忘記自己為什麼吵成這樣的時候，雙方的怒火不知為何就會轉向旁觀的第三者。可能對方呆站在那裡，也不支持任何一方的模樣看起來很蠢吧。訪談要取什麼標題他早就無所謂了，但內田因此非常不爽地重新認知到自己也跟這場爭端中的兩人坐在同一艘泥船上。

打從一開始，內田對綿矢的印象就不怎麼好，因為她對著訪談時內田特地買來當作伴手禮的日式甜饅頭東嫌西嫌。

『哇是我愛吃的黑糖饅頭，好開心喲，真的謝謝你啦。啊，不過甜饅頭沒辦法保存太久吧？啊，賞味期限果然超短的耶！人家怎麼可能在明天之前吃掉四個那麼多呀～』

她還特地把禮盒翻到背面，確認過賞味期限後厚顏無恥地這麼說。

『這樣啊，那還真抱歉。』

送了伴手禮給人家還得道歉，內田感到難以接受，綿矢於是在他心中留下了「想到什麼全說出口」的第一印象。她聲調偏高，慢吞吞的說話方式也給人做作的感覺。就算賞味期限短了點，收下別人送的東西也不該挑毛病，以後還真不想變成這種沒禮貌又口無遮攔的囉嗦老害——二十六歲的內田發自內心這麼想。還有別人向她提問，她思考該怎麼回答的時候，眨眼的頻率會突然大增，黑眼珠往上翻，幾乎像在翻白眼一樣的習慣也很嚇人。不過即使這麼說，綿矢在當面互動時看起來也沒那麼不正常，一旦在郵件上討論工作卻變成了極端固執己見、完全不肯退讓的人格。內田無論在什麼時候對人的態度都大同小異，實在難以理解她怎麼能這樣判若兩人。

綿矢的八卦他不是沒聽過，像是她曾在文壇酒吧喝醉酒暴怒，一腳踹上鄰座客人的太陽穴；她佯裝喝醉，整個人壓在喜歡的編輯身上，活像子泣爺爺[5]一樣要人家揹她回去之類的。但只像這次這樣委託單件工作，也沒必要長期跟這個人打交道，應該沒什麼風險吧——內田本來還一派輕鬆地這麼想，可見他時運已盡。

一個人是不是老害與年齡無關。人們雖然將年紀老了又有害無益的人稱之為老害，但如果一個年僅十四歲的年輕人毫無根據地刁難十歲的新人說「你是不是太囂張了？」，那麼即使他只有十四歲，也算是老害的一員了。因此，雖說沙特蘭四十二歲、綿矢三十七歲，順帶一提內田自己二十六歲，但在內田眼中，儘管綿矢的年紀比沙特蘭要小，她看起來還是更像個老害。綿矢年紀雖然沒那麼大，卻仗著自己在業界的資歷為所欲為，而且本人還沒注意到自己有多麻煩，仍然抱持著年輕人批判現狀的心態。純文學作家都是這麼麻煩的生物嗎？不對，先前一起工作過的這個人、還有那個人都是正常的好人，合作起來也十分愉快，表示同類型的作家也有麻煩人物和正常人之分吧。

像妳這樣的老害，過兩年就會被我們這些既年輕又累積了足夠實力的下一代踢到一邊去。社會是很殘酷的，說到底大家都喜歡年輕人，重用年輕一代推動經濟。出版業界也一樣，怪人在能賣錢的時候還能受到追捧，等到沒用處了就會像垃圾一樣被丟棄。

對於內田而言，年輕是絕對的正義。那些老糊塗的能力都衰退了，居然還敢讓身在第一線活躍的自己這一代浪費不必要的時間——他心底也存在著這樣的想法。對於那些馬齒徒長、只懂得高舉舊時代遺留的儒教觀念，以及孝敬父母、敬老尊賢這些不成文規定的麻煩人物，他連屁股毛那麼一丁點的尊敬都感覺不到。這已經不只是想反抗那個世代的那一類人而已了，純粹是因為生理上的嫌惡感會率先湧上心頭，他就是不想跟不懂得看場合的老害扯上任何關係。

5. 日本傳說中的妖怪，有著老人臉孔、嬰兒身體。會在夜路上發出嬰兒哭聲，若有人出於同情將其抱起，子泣爺爺的身體會越變越重，緊纏著那人不放，最終將人壓死。

致綿矢老師　cc：內田編輯

您提到不只要修正訪談報導，連報導標題也想更動。我並非有意偏袒內田編輯，但〈人生百態～綿矢流正向思考～〉這樣的標題，真的比〈令和正向思考！〉優秀那麼多嗎？這麼說雖然有點失禮，但我並不認為上述標題有必要變更。尤其聽到「人生百態」，我這個世代的人會聯想到島倉千代子[6]，甚至是某位頭髮灰白的前首相[7]。與其改成這麼陳舊過時的標題，還不如保留內田編輯年輕鮮活的文字更好，從這個標題當中也感受得到寄予令和的希望。

沙特蘭敬上

致沙特蘭小姐　cc：內田編輯

喔是喔～原來如此，妳對我想的報導標題不滿意就對了？在目前這個時間點，我可是史上最年輕的芥川賞作家耶?!

我說啊，要求變更標題可是最容易讓作家灰心氣餒甚至暴怒的要求喲。標題是一部作品的門面，妳能想像被迫按照別人的指示去更動那張門面的屈辱感嗎？沙特蘭小姐，我看妳是非常固執的人耶，該不會是那種最愛指使別人、看到人家到處辛苦奔波就覺得自己有在工作的人吧？算了，我就萬不得已地按照妳的要求改改標題吧。〈人生百態～綿矢流正向思考～〉這標題不要了，改成〈Life Variation～綿矢老師的正向思考～〉妳意下如何啊？期待妳的回覆!!

綿矢敬上

致內田編輯　cc：綿矢老師

我拜讀過綿矢老師提出的新標題了。……。我想問問內田編輯的意見。您覺得這次的報導改成這樣的標題好嗎？說到底，內田編輯您身

6. 日本歌手，最廣為人知的歌曲即為一九八七年發表的〈人生百態〉（人生いろいろ）。

7. 此處暗指前日相小泉純一郎。二〇〇四年遭到眾議會議員質疑其早年領取厚生年金補助的正當性時，小泉顧左右而言他地回應「人生有各種樣態（人生いろいろ），公司也有各種樣態」，在當時成為他的一句名言。

為此次採訪的負責編輯，對這次事件有什麼樣的看法呢，我很想聽聽您的意見。即使需要花點時間，我也願意等候您回信，還請不吝賜教。

沙特蘭敬上

致沙特蘭小姐　CC：內田編輯

想聽聽內田編輯高見這點，我倒是贊同沙特蘭小姐的意見。你身為這次案件的委託人，應該負責為這段徒勞無益的時間畫下句點，這件事只有你能負責了。不管你是再怎麼年輕的菜鳥，這也是你理所當然的職責（笑）。還有，我把沙特蘭小姐之前那些信件分別拿給了兩間出版社（是知名出版社）負責我的小說的編輯看，兩人都說這位沙特蘭小姐根本腦子有問題，綿矢老師說的才對，還擔心我身體狀況不佳又遇上這種鳥事。超級體貼！這才是出版業界人士應有的正確態度。為了針對這次的問題向更多人請益，我明天打算把沙特蘭小姐的信件節錄以及我的回覆放上推特公開。既然沙特蘭小姐的主張沒有任何問題，那光明正大地公諸於世想必也無所謂吧？雖然為了這種事開始使用推特讓人不太甘心，但我也不想一直當個任人潑髒水的受害者。我的追蹤數應該會衝上兩千萬人吧。好～我正在辦帳號囉——現在再道歉也來不及了喲？先這樣啦！

綿矢敬上

糟糕，這下事情鬧大了。三人之間私底下怎麼吵倒無所謂，但要是事情洩漏出去鬧得人盡皆知，他說不定會被總編追究責任，到時就麻煩了。

致綿矢老師　CC：沙特蘭小姐

這一次由於我方處理不當，造成了綿矢老師以及沙特蘭小姐雙方的不愉快，我深自反省。標題當然會按照老師您的要求更改，至於內文，雖然對沙特蘭小姐非常不好意思，但畢竟時間壓力緊迫，就採用綿矢老師修改過的內容可以嗎？說起來也是我時間安排得不夠好，導致我們彼此討論磋商的時間不足，釀成了這次的爭端，我深感反省。往後我會更加小心，絕不讓同樣的情況再次發生。

寫到這裡，內田的手麻痺似地停下，接著又動了起來。

『老太婆去死。』

他打下這行字，刪掉，再打一次，又刪掉了。不對不對，怎麼能做出這種事，一旦寫出真心話事情會變得多麼一發不可收拾，他光想就感到害怕。但自己好不容易才擬定的標題必須被更蠢的標題換掉，事到如今還真讓人不甘心，內田總算是明白了沙特蘭堅持拒絕把訪談文章全文重寫的心情。可惡，要是我有權力讓綿矢這種老害消失，那我現在要多冷靜就能有多冷靜。妳看著吧，等到我爬上高位一定會對妳復仇，讓妳從業界消失得無影無蹤！內田在心裡忿忿不平地撂下狠話，但實際上這種話根本不可能寫進信裡。年輕又頭腦明晰的自己一定要冷靜、從容、大膽地處理好這件事，絕對不能讓下個月的雜誌開天窗。

「啊——！麻煩死了。」

內田吼了一聲，忍無可忍地打開冰箱拿出檸檬堂沙瓦，拉開拉環咕嘟咕嘟咕嘟地猛灌。冰涼的酒液帶著清爽酸味滋潤了內田的喉嚨，同時堪稱瘋狂地一瞬間滲透進他的血液，激起了內田亢奮的情緒。他一罐接著一罐喝，轉眼間，坐在床上把筆記型電腦放在大腿上的內田身邊就放滿了喝光的空罐。他打算吃剛才在7-ELEVEN買的新擔擔麵當作時間稍晚的晚餐，於是拿了個小鍋子把水煮沸，嘆著氣繼續寫剛才那封郵件。

容我再詳細解釋一下，特輯標題並不是由我獨自決定，而是經過編輯部全體討論敲定的。收到綿矢老師更改標題的要求之後，我們編輯部重新討論過一次，才決定遵照您的要求更動這次的標題。此外，關於這次訪談相關的紛爭，我都是一邊跟編輯部、業務部磋商協調一邊處理，希望兩位能理解這並不只是我的一己之見。

內田敬上

致內田編輯　cc：沙特蘭小姐

讀了你剛才那封信，我感到很生氣。我什麼事都直接跟兩位坦誠相告，句句出自真心，你卻躲在公司的陰影底下，應該說被公司保護著吧，讓我覺得你是個不敢以個人身分參加這場戰鬥的膽小鬼。

我一提出什麼意見，你就拿出什麼公司的方針、編輯部全體的意願等等用人數施壓，故意把我和沙特小姐這樣獨立接案的個人工作者貶為少數意見，讓我們無話可說。難道你沒發現這種行為很卑鄙嗎？還是說你早就知道還刻意為之呢～？

綿矢敬上

致綿矢老師　cc：內田編輯

洗完澡回來一看，呵呵，我忍不住笑了，筆戰越演越烈了呢。我讀過了兩位的信件，在這點上我也有點贊同綿矢老師的意見。現在單純是我們三人在討論這件事，內田編輯卻刻意提及編輯部，暗示自己背後還有人撐腰，我認為這確實有點卑鄙。倒不如說，這時候您身為編輯，應該要站在我們這些只能靠個人單打獨鬥的接案者這一邊，即使與公司大多數同事的意見相左，也勇敢替我們發聲，如此一來編輯的支持與陪伴也會使我們更加安心。在關鍵時刻不表達自己的意見，反而拿團體的意見當擋箭牌，就像一隻小丑魚平常在外游動，卻在關鍵時刻一下子躲進名為「匿名性」的海葵裡面跑得無影無蹤一樣，給人一種冷漠的感覺。

但考量到您還年輕，想必不敢違逆公司的意見，我以前也在公司上過班，很能理解這種心情。所以內田編輯不必完全站在我們這一邊也無所謂，但以後表達自身意見的時候，還是把主詞換成自己比較安全。否則要是一直像這樣被兩個年紀比自己大的人碎碎念個不停，您一定也受不了吧（苦笑）。

沙特蘭敬上

致沙特蘭小姐　CC：內田編輯

讀完沙特小姐的意見，我雖然不至於全盤贊成，但某些部分相當認同。內田編輯還是好好閱讀沙特小姐那封信，好好反省，對你將來的發展比較有益哦！加油！大家坐下來好好說話果然是很重要的！

還有由於這是工作場合，所以我表達意見的時候比較直接，但我本性其實很溫柔又熱情，只要心結都解開了，那昨天的仇敵也能變成今日的朋友，大家還可以一起去吃燒肉！既然是我主動邀請，當然由我請客囉（笑）。倒不如說就是為了最後吃一場大團圓的燒肉、喝最好喝的啤酒，所以工作模式的時候我才會把想說的話全部說出來，我就是這種人啦（笑）。

所以常有人說我像個男人、很豪爽之類的，有時還有人說出「莉莎妳真的好粗魯哦～」這種話！太失禮了。總而言之，我就是這種直來直往的個性，兩位想說什麼都直言無妨哦～只不過我一旦覺得「這樣說不對！」也會乾脆直接地反駁回去。一熱血起來就直球溝通，工作上認真奮鬥全力投球，這就是綿矢……就算有點熱情過頭，還是請你們多多擔待啦。

綿矢敬上

回過神來，才發現擱在鍵盤上的手指正微微顫抖。壓力山大。現在的狀況就像是我正打算進寺院觀光，站在院門前的兩尊仁王像卻忽然動了起來，從兩個方向緊緊抓住我的胳肢窩確保我插翅難飛之後惡狠狠瞪著我一樣。即使說我不想參拜了、我要回去，仁王像也充耳不聞，兩人份的雄壯臂膀把我越抓越緊，彷彿在說絕對不會放過你。我被奇怪的東西盯上了。要是我說「為什麼就這麼喜歡我！不要一直黏著我！」，兩尊仁王像一定會連忙搖著頭否認說「你別開玩笑了」，但這已經證明了他們喜歡我。他們只是因為有點在意這個人，所以拿無聊的小事來說教，想囉哩叭嗦地纏著我嘀咕「哎喲哎喲你這個人就是……」而已。換作是平時還能冷靜應對的我，在這場長期抗戰之下也越來越抓狂，再加上沙瓦的醉意逐漸上頭，明明只要暫時遠離這場郵件轟炸就好，心態卻不自覺執著起來，我對這樣的自己感到厭惡，忍不住發出呻吟。這裡產生了奇怪的磁場。果然在看不到對方面部表情的情況下，在半夜進行溝通還是太危險了，總而言之我絕對不想跟她們兩個一起去吃燒肉。

這麼一說肚子餓了起來，對了，擔擔麵。踏著虛浮的腳步走到廚房，ＩＨ爐已經自動關閉，也不曉得是不是觸發了安全裝置，沸騰過頭的熱水噴得整片面板上到處都是。我連忙將剩下的熱水倒進杯麵，本來想拿抹布去擦水，但水太燙了碰不得。擔擔麵在試圖清理面板的期間泡好了，於是我端著擔擔麵和免洗筷再一次回到筆記型電腦前面。

致內田編輯　CC：沙特蘭小姐

抱歉啊我有點雞婆，就讓我再多說一句吧☆有話想說的時候不要保持沉默，多少表現出一點有骨氣的樣子吧，這是我在這個業界從來不畏懼權勢，奮鬥了幾十年的感想。不表達自己的意見，旁觀事態發展，最後隨波逐流地靠向勝算最大的那一方——這種生存方式在二十幾歲實力不足也能被原諒的時候或許還能通用，但到了三十歲以後，更懂得說出自身意見的人才會受到重用，像你這樣的牆頭草可是會被淘汰的喲！

綿矢敬上

實力不足

這四個大字像無形的鉛球腳鐐一樣綁住雙腿。

這話並不是完全沒道理，反而戳中了內田的要害。應該說，有些批評他平時還能一笑置之，當作傻子在胡扯，但他現在已經喝得太多，內心變得溼潤柔軟，什麼言論都能將他刺傷。被問到自己的意見或見解時，「沒什麼想法」才是內田的真實心聲，即便真有什麼感觸，他的語言能力也不足以將那些想法化為言詞表達出來。他容易受外界影響，自身也沒有堅定的意見，最後整個人還是空空如也，只能擺出一副精明的表情做做樣子，讀完信他總覺得連這也被看穿了。

明明沒多少實力，卻只有自尊高得不得了；沒經驗也沒做出實績，卻深信自己比沙特和綿矢更優秀，認為自己到了和她們同樣的年紀一定爬得上更高的地位；相信自己擁有無限光明的前途，絲毫沒想過現在會是自己人生的顛峰，對於自己還在上升途中確信不疑。然而周遭的前輩們態度冷淡，從來不把內田當作驚人的新秀、當作未來大有可為備受期待的新星對待，他的挫敗感也因此不斷累積。內田擅自產生了被人翻攪傷口的感覺，深深感到受傷。

他吸了一口麵，甩動的麵條尾巴把擔擔麵紅色的醬汁噴到電腦螢幕上。伸出拇指去抹，醬汁在亮著背光的液晶螢幕上被推開，在電子郵件的文字列上架起一道細細的彩虹。赤紅的彩虹教人看了胸口刺痛，映照著他的心。

他沒來由地相信著自己還年輕，現在正是黃金年華，接下來還可以過上十年更明朗快樂的人生，可以揮灑青春，也有著一躍而上的潛力。然而事實上，自己根本就不存在光靠年輕就能蒙混過關的時期吧？其他人或許還能混得不錯，但是不是只有自己一個人趕不上時代，只剩下一回神已經淪為老頭子的未來？

致內田編輯　CC：綿矢老師

不好意思，我這邊也想要補充。老實說我也覺得，在我和綿矢老師雙方秉持著「把工作做得更好」的信念激烈碰撞的時候，內田編輯的態度太過優柔寡斷了。或許也可以說內田編輯很有現代年輕人清醒冷漠的特質吧。這次的委託原本是由內田編輯發起，我認為您不應該只是袖手旁觀，應該更主動站出來主持大局。只不過，如果說您是被我們兩個年長者的氣勢壓倒，一時不敢出聲，那我也很能明白這種心情。所以我也不強求，但內田編輯您要是願意稍微透露一點自己的見解，我們也能當作日後行事的參考，您覺得如何呢？

沙特蘭敬上

事情演變至此，原以為站在同一陣線的沙特也微妙地將刀尖朝向內田，甚至落井下石。

老實說我也很想自由表達自己的意見啊。什麼「Life Variation」，別開玩笑了，這不就是把人生百態換成英文而已嗎？多想大聲這麼說啊。但我一旦說出自己真實的想法，不是又要吵起來了嗎？已經可以想見會吵得多兇了吧。

「我討厭爭吵，想要得過且過地辦完所有事情，順利完成工作，這難道就這麼不可饒恕嗎？」

像詛咒一樣低沉的喃喃自語，充盈了空無一人、窄小舒適的房間。

說不定是因為新冠疫情這種特殊的狀況，害得所有人的腦部磁場都出了問題。他國中時代唯一的朋友佐野，本來直到不久前都還是他最要好的朋友，但自從疫情以來，佐野突然開始在所有LINE訊息上強調自己「狀態超好」，比方說「我狀態超好，所以是不太能理解啦」、「雖然這麼說，但我基本上狀態還是超好的」諸如此類，把關鍵字夾帶在字串當中。剛開始內田還以為這是佐野有意搞笑，於是回了笑臉貼圖之類的敷衍過去，但佐野總是無一遺漏地把「狀態超好」硬塞進訊息裡，而且除了「狀態超好」的訊息之外，還開始把成疊的鈔票、他購買的名牌奢侈品照片也一起傳過來，內田越看越害怕，後來便不再回覆了。

沒細問原因就不讀不回，自己未免太無情了——儘管內田這麼想，但他對此其實有點頭緒，那就是佐野的女朋友熱中信仰著某個新興宗教。教義大致上是崇拜金錢和幸運，財運和好運自然就會找上你，吸引感謝♥吸引快樂♥諸如此類的內容。對於迷上這種宗教的女友，佐野一笑置之，並未多加理會，但在新冠疫情持續封閉的環境下，有可能他也被女友影響了。假如真是如此，那麼內田或許有義務站出來指出「你也變得怪怪的了」，讓佐野清醒過來。但內田內心有一個恐懼，那就是自己也被拖進泥沼當中，去找木乃伊的人自己反而也被變成了木乃伊，那將是最糟糕的情況。屆時自己每一次開口，說不定也會不管三七二十一地說「我狀態超好」。

換作是疫情之前還能付之一笑地說「那也太蠢了」的事情，現在卻令他真心感到擔憂，而且性格大變的又是他身邊親近的好友。等到工作稍微告一段落就好好跟那傢伙說吧，不行春天還太早了，還是等到夏天吧……這樣拖著拖著，不知不覺已經拖過了一年。佐野最近一次傳來的LINE劈頭第一句就是「狀態超好有時也讓人難受呢」，光看開頭就令人害怕，內文他至今還放著沒讀。

嚓的一聲，房裡的電燈突然又全部熄滅。

「為什麼啊?!騙人的吧？」

內田跑去撥動了斷路器開關，電燈還是沒亮。他剛才正好想到佐野，一時覺得這說不定是佐野的詛咒，但短短幾小時前也發生過同樣的事，因此他猜測或許是支付電費的手續出了什麼問題，才導致家裡再次被斷電。他趕緊整理了一下儀容衝到 7-ELEVEN 請店員確認，店員卻說電費在他上一次來店時已經確實繳納。

他回到完全沒有燈光也沒有暖氣的房間，一手拿著手機的光源確認屋裡是否出現任何異常，這時熱水沒擦乾的ＩＨ爐面板映入眼中。一股不祥的預感湧上心頭，內田連忙撥打用磁鐵貼在ＩＨ爐旁邊牆壁上的緊急聯絡電話，負責人殘忍地告訴他：

「那大概是漏電吧，噴出來的熱水可能流進ＩＨ爐操作面板的縫隙裡去了。我會幫你安排作業員，但現在是深夜，我也不曉得對方什麼時候能到。」

內田實在不想進到一片漆黑的浴室裡沖冷水澡。他屋裡沒準備手電筒，連手邊東西都得用智慧型手機照亮才看得見，內田的內心急速暴躁起來。

「該死。該死！」

他毆打著墊在椅子和腰部之間的 MOGU 微珠填充靠枕，然而枕套破裂、細小珠子散落一地的畫面一瞬間閃過腦海，使他停下了動作。

現在房裡看得見的東西，就只有發光的智慧型手機、充過電的筆記型電腦，還有銀色瓶底閃閃發亮的檸檬堂沙瓦空罐。

這是我的城堡。當年離開故鄉千倉時無論如何都想一個人搬出來住，不論從前或現在無疑都是獨自生活，然而世間的牽絆太過擾攘，內心仍然紛紛擾擾地靜不下來。你們這些傢伙，不准擅自侵入我的領地！即使去參加時下正流行的單人露營，這些魑魅魍魎也會鑽進帳篷在枕邊不斷嘀咕嗎？

朝陽照進窗戶，內田沐浴在閃亮美好的陽光中醒來。他緩緩眨了幾次眼睛，望著周遭散落的空罐。他不記得自己什麼時候睡著了，睡前的記憶一片空白。他打開進入睡眠狀態的筆電，指示燈嗡地亮了起來。亮起的畫面中，留著內田所寫的這樣一封已寄出的郵件。

致綿矢老師、沙特蘭小姐

我拜讀了兩位的郵件。有幸獲得在這個世界上累積了豐富經驗的兩位指導，我對於自己的幼稚不成熟深感慚愧。

此外，兩位徵求的明明是我個人的意見，我卻欠缺顧慮地使用含糊不清的方式表達，真的是非常抱歉這一次

請問兩位知道嗎，我被迫陪著兩位吵架的期間是完全領不到薪水的？我光看妳們兩個吵架的信就他媽想吐。雖然我也沒一字一句全部看完，媽的。一下威脅一下說教一下藝術流氓，白痴還以為這樣虛張聲

勢有效喔，有夠低能我告訴妳們，我早就無所謂了，截稿期都過了，不管怎樣改都隨便，反正只要完成就好，把能刊在雜誌上的稿子給我交出來。為什麼老子非得ㄏ花這麼長時間聽兩個快四十歲的人根本沒屁用的見解？我才受了很重很重很重很ㄓㄨ的傷，大概因此瘦了三公斤。好想大便

我很想去廁所但我家停電現在廁所一片黑，妳們能理解用手機亮光照著屁股拉屎的心情嗎在連暖氣都沒有的房間連鼻毛都快ㄐ耶冰妳們想找我麻煩就不要寫信直接外頭見啦我現在就去揍妳們我說真的。最？後我想告知兩位的是，以後我絕對不會災把工作委託給妳們這些他媽麻煩的傢伙，以上。老太婆去死

國家圖書館出版品預行編目資料

討厭我就不要叫我來 / 綿矢莉莎 著；簡捷 譯.
-- 初版. -- 臺北市：皇冠, 2024. 2
240面；21×14.8公分. --(皇冠叢書；第5140種)(大賞；157)
譯自：嫌いなら呼ぶなよ

ISBN 978-957-33-4114-7 (平裝)

861.57　　13000282

皇冠叢書第5140種
大賞｜157

討厭我就不要叫我來

嫌いなら呼ぶなよ

作　　者—綿矢莉莎
譯　　者—簡　捷
發 行 人—平　雲
出版發行—皇冠文化出版有限公司
臺北市敦化北路120巷50號
電話◎02-27168888
郵撥帳號◎15261516號
皇冠出版社(香港)有限公司
香港銅鑼灣道180號百樂商業中心
19字樓1903室
電話◎2529-1778　傳真◎2527-0904
總 編 輯—許婷婷
責任編輯—蔡承歡
封面設計—Bianco Tsai
內頁設計—單　宇
行銷企劃—薛晴方
著作完成日期—2022年
初版一刷日期—2024年2月
初版二刷日期—2024年4月
法律顧問—王惠光律師

如有破損或裝訂錯誤，請寄回本社更換
讀者服務傳真專線◎02-27150507
電腦編號◎506157
ISBN◎978-957-33-4114-7
Printed in Taiwan
本書定價◎新臺幣340元/港幣113元